요시노 구즈

吉野葛

다니자키 준이치로
엄인경 옮김

요시노 구즈
吉野葛

27세 무렵의 다니자키 준이치로(1913)

차례

요시노 구즈

하나. 자천왕

내가 야마토(大和)[1]의 요시노(吉野) 깊은 곳을 유람한 것은 벌써 이십 년 정도 전인 1920년대 무렵인데, 지금과 달리 교통이 불편하던 그 시절에 그런 산속 — 요즘 말로 하면 '야마토 알프스'[2] 지방 같은 데로 무얼 하러 나갈 마음이 들었던 걸까? — 이 이야기를 하려면 우선 그 인연부터 설명할 필요가 있으리라.

독자들 중에는 아마 아는 분도 있겠지만 옛날부터 그 지방, 도쓰가와(十津川), 기타야마(北山), 가와카미노소(川上の莊) 근처에서는 지금도 토착민들에 의해 '남조(南朝)[3]

---

1   지금의 나라 현(奈良縣) 일대를 이르는 옛 지명.
2   요시노 산에서 남북 50킬로미터에 걸쳐 있는 산맥으로 각종 신앙과 전설이 전해지는 곳.
3   14세기 일본은 천황의 황통이 둘로 나뉘어 대립한 남북조 시대로, 그중 남조는

님' 혹은 '자천왕(自天王)⁴ 님'이라 일컬어지는 남조 쪽 천황의 후예에 관한 전설이 있다. 이 자천왕 — 고카메야마(後龜山) 천황의 고손(高孫)에 해당하는 기타야마미야(北山宮) 님이 실존하셨다는 것은 역사 전문가들도 인정하는 바니, 결코 단순한 전설이 아니다.

　　아주 대강의 이야기만을 짚어 말하자면 보통 소학교나 중학교 역사 교과서에서는 남조 겐추(元中) 3년, 북조 메이토쿠(明德) 3년(1392년) 쇼군(將軍) 요시미쓰(義滿) 때 두 황통을 합한다는 논의가 성립되었고, 이른바 요시노 조정은 이때를 마지막으로 고다이고(後醍醐) 천황의 엔겐(延元) 원년(1336년) 이후 오십여 년 만에 끝나게 되었지만, 그 후 가키쓰(嘉吉) 3년(1443년) 9월 23일 야밤에 구스노키 지로마사히데(楠次郎正秀)⁵라는 자가 다이카쿠지 계통의 왕자 만주지노미야(万壽寺宮)⁶ 님을 추대하고 갑자기 쓰치미카도(土御門) 궁궐을 습격하여 세 가지 신기(神器)를 훔쳐 히에이잔(比叡山)에서 농성을 벌인 사실이 있다.

　　이때 토벌자들의 추격을 받자 왕자는 자결하시고 신기 중에 보검과 거울은 되찾았으나 옥새만은 남조 쪽에 남게 되었으므로, 구스노키 씨와 오치(越智) 씨 일족들은 또

　　요시노를 중심으로 존립한 다이카쿠지(大覺寺) 계통의 조정과 그 천황을 일컬음.
4　남조 부흥 운동의 마지막 존재로, '기타야마미야'라고도 불림.
5　흔히 구스노키 마사히데(楠木正秀, ?~1446)라 칭하며 북조에서 삼종의 신기를 빼앗아 달아난 남조 쪽 무장.
6　남북조가 1392년에 합일한 후 남조의 재건을 도모하는 세력에 의해 다시 수립된 정권을 후남조(後南朝)라 하는데, 그 상징적 지도자로 추대된 후남조 초대 천황 곤조스(金藏主)라는 전설적 인물.

다시 왕자의 자제 두 분을 추대하여 거병하고 이세(伊勢)로부터 기이(紀井), 기이에서 야마토로 점차 북조 군사들의 손이 미치지 않는 요시노의 깊은 산간벽지로 도망쳐 들어갔고, 첫째 아드님을 자천왕으로 받들고 둘째 아드님을 정이대장군[7]으로 모셨으며, 연호를 덴세이(天靖)로 개원하고 쉽사리 적들이 정황을 엿볼 수 없는 협곡을 사이에 둔 채 육십여 년이나 옥새를 소유하였다고 한다. 그러다 아카마쓰(赤松) 가문의 유신들에게 속아 넘어가 두 왕자는 토벌당하시고, 마침내 다이카쿠지 계통의 후예가 완전히 절멸한 것이 조로쿠(長祿) 원년(1457년) 12월이므로, 만약 그때까지를 통산한다면 1336년부터 1392년까지가 오십칠 년, 그로부터 1457년까지가 육십오 년이니 실로 백이십이 년이나 되는 시간 동안 어찌 되었든 남조의 흐름을 이은 분이 요시노에 계시면서 교토 조정에 대항을 하신 것이다.

먼 선조 때부터 남조 쪽에 둘도 없이 충성을 바치고 남조에 동정하는 전통을 죽 지녀 온 요시노의 주민들은 남조라고 하면 이 자천왕까지를 헤아리므로 "오십여 년이라니요. 백 년 이상이나 지속되었던 거라고요."라며 지금도 강하게 주장하는 것도 무리는 아닌데, 나도 예전 소년 시절에 『다이헤이키(太平記)』[8]를 애독했던 인연이 있어서 남조의 숨은 역사에 흥미를 느끼고 이 자천왕의 사적을 중심으로 역사 소설

---

7   동쪽 오랑캐 에조(蝦夷)를 정벌하기 위해 구성된 군사의 총대장이라는 뜻에서 유래하며 막부 통솔자에 세습된 직함. '쇼군'으로 약칭하는 경우가 많음.

8   14세기 후반에 성립된 '군기 모노가타리(軍記物語)'로 남북조 내란을 소재로 함.

을 새로 구상해 보고 싶다 ― 는 계획을 일찌감치 품었다. 가와카미노소의 구비 전승을 모은 어떤 책[9]에 따르면 남조의 유신들은 한 때 북조 측의 습격을 두려워하여 지금의 오다이가하라(大台ヶ原) 산록의 시오노하(入の派)로부터 이세의 국경 오스기타니(大杉谷) 쪽으로 들어간 인적 드문 산속 길 끝에 산노코다니(三の公谷)라는 계곡 사이로 옮겨 거기에 왕의 거처를 세우고 옥새는 어느 암굴에 숨겼다고 한다.

또한 『고즈키키(上月記)』[10], 『아카마쓰키(赤松記)』[11] 등이 기록하는 바로는, 미리 거짓으로 충성하는 양 남조 천황에게 내려와 있던 마지마 히코타로(間嶋彦太郎) 이하 삼십 명의 아카마쓰 가문의 잔당들이 1457년 12월 2일 큰 눈이 내리는 틈을 타 불시에 거사를 일으켜, 한 무리는 오코치(大河內)의 자천왕 처소를 습격하고 다른 한 무리는 고노타니(神の谷)의 둘째 왕자 정이대장군의 처소로 몰려갔다. 자천왕은 스스로 큰 칼을 휘두르며 방어하셨지만 마침내 적들에게 살해당하셨고, 적들은 왕의 수급과 옥새를 빼앗아 도망치던 도중 눈에 길이 막혀 오바가미네(伯母ヶ峰) 고개에 갇히자 수급을 눈 속에 묻고 산중에서 하룻밤을 보냈다. 그런데 이튿날 아침 요시노 십팔향(十八鄕)[12]의 장사(莊司)들이 추격해

9   1892년 간행된 『남조유사(南朝遺史)』나 1911년 간행된 『남조 유적 요시노 명승지(南朝遺跡吉野名勝誌)』로 추정.

10   15세기 중반 당시의 일을 고즈키 만키치(上月滿吉)가 1478년에 한문으로 기록한 글.

11   아카마쓰 씨의 시작부터 1569년에 멸망하기까지의 일을, 1588년 조아(定阿)가 저술한 기록.

12   요시노 일대의 지역명으로, 고대에는 팔향이었다가 15세기 말에는 십팔향으

와서 전투를 벌이던 중에 묻혔던 왕의 수급이 눈 속에서 피를 뿜어냈기 때문에 금세 발견하여 도로 빼앗았다고 한다.

이상의 일들은 책마다 다소의 차이는 있지만 『난잔준슈로쿠(南山巡狩錄)』[13], 『난포키덴(南方紀伝)』[14], 『오운키(櫻雲記)』[15], 『도쓰가와노키(十津川の記)』[16] 등에도 모두 실려 있고, 특히 『고즈키키』와 『아카마쓰키』는 당시의 실전자들이 노후에 직접 써서 남긴 것이거나 또는 그 자손들의 손으로 기록된 것이어서 의심할 여지가 없다. 한 기록에 따르면 자천왕의 나이는 열여덟이었다고 한다. 또한 가키쓰의 난(嘉吉の亂)[17]으로 일단 망했던 아카마쓰 가문이 다시 부흥한 것은 그때 남조의 두 왕자를 시해하고 옥새를 교토로 다시 가져온 공적에 보답을 받은 것이었다.

요시노의 깊은 산속부터 구마노(熊野)에 걸친 지방은 원래 교통이 불편했으므로 오래된 전설이나 유서 있는 가문들이 오래 존속하는 경우가 심심찮다. 예를 들어 고다이고 천황이 한때 행궁으로 삼으셨던 아노(穴生)의 호리(堀) 씨 저택 같은 곳에는 옛날 그대로의 건물 일부가 현존할 뿐 아니라 자손들도 아직 그 집에 산다고 한다. 그리고 『다이헤이키』

로 일컬어짐.

13　남조의 사적을 기록한 도합 스물한 권의 편년체 사서로 1809년에 성립.

14　1331년부터 1458년에 이르는 기간을 한문 편년체로 기록한 사서.

15　17세기에 성립한 것으로 보이는 남조의 영고성쇠를 기록한 사서.

16　남조 후기의 약사를 기록한 사서.

17　가키쓰 원년인 1441년, 아카마쓰 미쓰스케(赤松滿祐)가 무로마치(室町) 막부의 쇼군 아시카가 요시노리(足利義教)를 암살한 사건.

의 「다이토노미야(大塔宮) 님이 구마노로 쫓겨 간 대목」에
나오는 다케하라 하치로(竹原八郎)의 일족 — 왕자는 이 집
에 잠시 체재하시며 이 집 딸과의 사이에서 왕자까지 두셨는
데, 그 다케하라 씨의 자손도 번영을 누리고 있다. 그 밖에 또
오래된 곳으로는 오다이가하라의 산속에 있는 고키쓰구(五鬼
継)[18] 부락 — 토착민들은 도깨비 자손이라며 결코 그 부락
과는 혼인 관계를 맺지 않고, 그들 쪽에서도 자기 부락 이외
사람과 결혼하는 것을 원하지 않았다. 그리고 자기들 스스
로 부역을 수행하는 젠키(前鬼)[19]의 후예라 칭한다. 모든 것
이 그런 식으로 흘러가는 지역이므로 남조의 왕자들을 모신
향토의 혈통 중 '내력이 있는 자'로 일컬어지는 옛 가문들이 많
이 있어서, 현재 가시와기(柏木) 부근에서는 매년 2월 5일에
'남조 님'을 제사[20]하고 둘째 왕자인 장군의 처소 고노타니
의 금강사(金剛寺)에서 엄숙한 조정 배례 의식을 올린다. 그
날 당일 수십 가문의 '내력이 있는 자'들은 열여섯 국화 무
늬가 달린 상하복을 입는 것이 허락되었고, 지사(知事) 대리
나 군장(郡長)보다 상석에 앉는다.

　　내가 알게 된 이러한 여러 자료들 때문에 예전부터 생
각해 오던 역사 소설 계획에 열을 올리지 않을 수 없었다.
남조 — 벚꽃의 요시노 — 산속의 신비경 — 열여덟 살이

18　옛날부터 수행자들을 위해 숙박과 안내를 제공하던 산속의 가문.
19　7세기 말 수행자에 의해 복속된 부부 도깨비 중 남편 도깨비 쪽을 말하며 고
　　키쓰구의 선조 격.
20　1452년 2월 5일에 남조 재위 백 주년 즉위식을 기념하여 자천왕 서거 이듬해
　　부터 거행.

되신 젊은 자천왕 — 구스노키 지로마사히데 — 암굴 속에 숨겨진 옥새 — 눈 속에서 피를 뿜어낸 왕의 수급 — 이렇게 열거해 보는 것만으로도 이런 절호의 소재가 없었다. 무엇보다 장소가 멋지다. 무대에는 계곡물이 흐르고 단애 절벽이 있으며 궁전도 초가집도 있는 데다 봄의 벚꽃, 가을 단풍 그런 것들을 모두 살려서 쓸 수 있다. 더구나 근거 없는 공상이 아니라 정식 역사는 물론 기록이나 고문서가 버젓하게 갖추어져 있으니, 작가는 그저 주어진 사실을 형편에 맞춰 배열하는 것만으로도 재미있는 책을 만들 수 있을 것이다. 하지만 만약 거기에 약간 윤색을 가하고 적당하게 구비나 전설을 섞어 그 지방에 특유한 점경, 도깨비 같은 자손들, 오미네(大峰) 산의 수행자들, 구마노 참배 순례 등을 이용하고, 왕의 배우자로 어울리는 아름다운 여주인공 — 다이토노미야 님의 자손인 공주 등으로 해도 좋겠다. — 을 창조한다면 한층 재미있어질 터다.

나는 이 정도나 되는 재료가 무엇 때문에 오늘날까지 패사 소설가들의 주의를 끌지 못했는지 이상했다. 다만 바킨[21]의 소설 중에 『협객전(俠客伝)』이라는 미완의 작품이 있다는데, 읽은 적은 없지만 구스노키 가문의 장녀 고마히메(姑摩姫)라는 가공의 여성을 중심으로 한 작품이라 하므로 자천왕의 사적과는 관계가 없는 듯하다. 그 외에 요시노 왕을 다룬 작품이 하나둘 도쿠가와 시대에 있었다지만, 그것

---

21   에도 시대 후기의 최고 인기 작가 교쿠테이 바킨(曲亭馬琴, 1767~1848)을 가리킴.

도 어디까지 사실에 근거한 것인지 분명하지 않다. 요컨대 보통 세간에 퍼진 범위에서 책에서든 인형극 대사에서든 연극에서든 전혀 접한 적이 없다. 그래서 나는 누구도 손을 대기 전에 내가 꼭 그 재료를 잘 요리해 보고 싶다고 생각했다. 그러다 다행스럽게도 뜻하지 않은 인연을 통해 그 산속의 지리나 풍속을 여러 가지 들을 수가 있었다. 그것은 바로 일고(一高) 시절의 친구 쓰무라라는 청년 — 그는 본래 오사카 사람인데 그 친척이 요시노의 구즈 지역에 살아서 나는 그때 쓰무라를 중개인 삼아 그리로 편하게 문의할 수 있었다.

'구즈'라는 지명은 요시노 강 연안 부근에 두 군데 있다. 하류 쪽 지명은 '葛'이라는 글자를 쓰고 상류 쪽은 '國栖'라는 글자를 쓰며, 아스카노키요미하라노스메라미코토(飛鳥淨見原天皇) — 즉 덴무(天武) 천황과 연고가 있는 요쿄쿠(謠曲)[22]로 유명한 쪽은 후자다. 하지만 양쪽 다 요시노 명물인 칡가루 생산지는 아니다. 하류는 몰라도 상류 쪽에서는 마을 사람들 대부분이 종이를 만들어 생활한다. 그것도 요즘치고는 드문 원시적 방법으로 요시노 강물에 닥나무의 섬유를 풀어서 손으로 뜨는 방식으로 종이를 제작한다.

그리고 이 마을에는 '곤부(昆布)'[23]라는 별난 성씨가 매우 많다고 하는데, 쓰무라의 친척도 또한 곤부라는 성을 쓰며 역시 종이 만들기를 업으로 삼아 마을에서는 가장 크게

22　일본의 오랜 예능인 노(能)의 대본을 일컬으며, 여기에서는 『구즈(國栖)』라는 작품을 말함.

23　곤부(昆布)는 원래 다시마를 의미함.

하는 집이었다. 쓰무라가 말한 바에 따르면 이 곤부 가문
도 상당히 오래된 집안으로 남조 유신의 혈통과 다소 연고
가 있을 터였다. 나는 '入の派'라고 쓰고 '시오노하'라고 읽
는 것, '三の公'은 '산노코'라는 것 등을 이 집에 방문하고서
야 처음 알았다. 또한 곤부 씨가 알려 준 바에 따르면 구즈
로부터 시오노하까지는 험준한 고샤(五社) 고개를 넘어 여
섯 리[24] 남짓한 길을 가며, 그로부터 산노코로는 협곡 입구
까지가 이 리, 가장 안쪽인 옛날 자천왕이 계셨다는 지점까
지는 사 리 이상이나 된다. 하지만 그것도 이야기로 듣기만
했지 구즈 부근부터는 그 상류 쪽으로 들어가는 사람은 좀처
럼 없다. 그저 강을 내려오는 뗏목 사공들 이야기로는 협곡 안
쪽의 하치만다이라(八幡平)라는 분지에 숯쟁이 부락이 대여섯
채 있고, 거기에서 또 오십 정[25] 들어간 아주 끝자락의 가쿠시
다이라(隱し平)라는 곳에 분명히 왕의 처소가 있던 터라 불
리는 데가 있고 옥새를 봉안했다는 암굴도 있다.

　하지만 협곡 입구로부터 사 리나 들어갈 때는 전혀 길
다운 길이 없는 무서운 절벽의 연속이므로 큰 산봉우리에서
수행을 하는 야마부시(山伏)[26]들도 쉽사리 거기까지 들어가
지 못한다. 보통 가시와기 근방 사람들은 시오노하의 강가
에 샘솟는 온천으로 목욕을 하러 갔다가 거기서 되돌아온

<hr>

24　한국에서는 1리가 약 400미터의 거리이지만 일본에서의 1리는 그 열 배인
　　약 4킬로미터. 따라서 6리 남짓은 약 25킬로미터.
25　일 정은 약 110미터이므로 오십 정은 약 5.5킬로미터.
26　팔모 지팡이나 소라(小鑼) 등을 지니고 깊은 산에 들어가 수행하는 밀교의
　　수도자.

다. 정말로 협곡 안쪽을 찾아 들어가면 무수한 온천이 계류 안으로 뿜어 나오고 묘진(明神) 폭포를 비롯하여 몇 줄기인지도 모를 세찬 폭포가 쏟아지는데, 그 절경을 아는 자는 산 사내들이거나 숯쟁이들뿐이라고 한다.

이 뗏목 사공의 이야기는 내 소설의 세계를 한층 풍부하게 해 주었다. 이미 절호의 조건들이 갖추어진 차에 계류에서 샘솟는 온천이라는 안성맞춤 도구가 하나 더 추가된 것이다. 하지만 나는 멀리 떨어진 곳에서 조사할 수 있을 만큼의 조사는 다 한 셈이라, 만약 그 시절에 쓰무라의 권유가 없었다면 행여 그런 산속까지 들어가지 않았을 것이다. 그 정도 재료가 모이면 실제 그 땅에 답사를 가지 않아도 나머지는 충분히 공상으로 써 나갈 수 있다. 또 그러는 편이 오히려 마음 편한 점도 있었을 테지만,

"모처럼의 기회니 가 보면 어떻겠나?"

라고 쓰무라가 말한 것은 분명 그해 10월 말인가 11월 초순이었다. 쓰무라는

"예의 그 구즈 지역에 방문할 일이 있더라도 산노코까지는 갈 수 없지만, 그래도 구즈 근처를 한 바퀴 돌며 대략적인 지세나 풍속을 봐 두면 틀림없이 참고할 게 있을 거야. 꼭 남조의 역사에 한정된 게 아니더라도 지역이 지역이니만큼 다른 것으로 탈바꿈시킨 재료라도 얻을 수 있을 테니 소설 두세 편 쓸 소재는 충분히 찾을 수 있지 않겠나? 어쨌든 헛걸음은 아닐 것이니 한번 큰맘 먹고 직업의식을 발동시켜 보면 어때? 마침 지금 계절도 좋고 여행하기에는 딱이지. 흔히들 벚꽃의 요시노라고 하지만 가을도 꽤 괜찮거든." — 하는 것이었다.

서설이 상당히 길어지기는 했지만 어쨌든 이런 사정으로 갑자기 나는 그곳에 가 볼 마음이 동했다. 물론 쓰무라가 말하는 '직업정신'도 보탬은 됐지만 솔직히 말하자면 느긋한 행락을 즐기려는 마음 쪽이 더 컸다.

둘. 이모세 산

쓰무라는 몇 월 며칠 오사카를 출발해서 나라 와카쿠사 산(若草山) 자락의 무사시노(武藏野)[27]라는 곳에 숙소를 잡았다. ── 라고 했고, 그렇게 약속이 되어서 나는 밤 기차로 도쿄를 출발하여 도중에 교토에서 일박을 하고 둘째 날 아침 나라에 도착했다. 무사시노라는 여관은 지금도 있는데, 이십 년 전과 달리 주인이 바뀌었고, 그 시절만 해도 건물도 고풍스럽고 아담한 풍치가 있었던 것으로 기억한다. 철도성 호텔[28]이 생긴 것은 그로부터 조금 뒤의 일로 당시에는 그곳과 기쿠스이(菊水)[29]가 일류 호텔이었다. 쓰무라는 기다리다 지친 행색으로 빨리 나가고 싶은 모습이었고 나도 나라는 이미 한바탕 유람했던 곳이라, 그럼 모처럼 좋은 날씨가 변하기 전에 얼른 가자면서 정말 한두 시간 창문으로 와카쿠사 산만 좀 바라보다 곧바로 출발했다.

27   와카쿠사 산록에 지금도 있는 요리 여관(旅館).
28   나라 공원 동남쪽에 위치하며 지금도 영업하고 있는 나라 호텔을 말함.
29   1889년에 창업한 요정 여관으로 현재도 영업 중인 기쿠스이로(菊水楼).

요시노구치(吉野口)에서 갈아타고 요시노 역까지는 덜컹덜컹 경편 철도를 탔는데, 그러고는 요시노 강을 따라 난 길을 걸어서 갔다. 『만요슈(万葉集)』[30]에 나오는 무쓰다(六田) 웅덩이 — 버드나무 다리 근처에서 길은 둘로 나뉜다. 오른쪽으로 꺾어지는 쪽은 벚꽃 명소인 요시노 산으로 가는 길로 다리를 건너면 곧바로 아래쪽 천 그루[31]가 나오고 세키야(關屋)의 벚꽃, 자오곤겐(藏王權現), 요시미즈인(吉水院), 가운데 천 그루 — 이렇게가 매년 봄 벚꽃놀이 상춘객들로 붐비는 곳이다. 나도 사실 요시노 벚꽃놀이는 두 번 가 본 적이 있는데, 어린 시절 교토를 구경하러 온 어머니를 따라서 한 번, 그다음엔 고등학교 때 한 번이었고, 당시에도 역시 군중 속에 섞여서 이 산길을 오른쪽으로 올라갔던 기억이 있는데, 왼쪽 길로 가 보는 것은 이번이 처음이었다.

최근에는 가운데 천 그루까지 자동차나 케이블카가 다니게 되어 이 근처를 천천히 걸으며 보고 다니는 사람은 없지만, 옛날에 벚꽃놀이를 하러 온 사람들은 틀림없이 이 두 갈래 길에서 오른쪽으로 접어들어 무쓰다 웅덩이의 다리 위에 서서 요시노 강 들판의 경치를 바라보곤 했을 것이다.

"자, 저기를 보세요. 저기 보이는 것이 이모세 산입니다. 왼쪽이 이모 산, 오른쪽이 세 산……."

이라며 그 시절 안내를 하던 인력거꾼은 다리 난간에서 강

---

30 8세기에 성립한 일본에서 가장 오래되고 방대한 와카집(和歌集).

31 요시노의 벚꽃은 아래쪽 천 그루, 가운데 천 그루, 위쪽 천 그루, 안쪽 천 그루라 일컬어지며, 이곳의 장관이 특히 유명함.

상류 쪽을 가리키며 여행객들의 발길을 잠깐 멈추게 했다. 예전 우리 어머니도 다리 가운데서 인력거를 세우고 철없는 나를 무릎 위에 앉힌 채,

"아가, 「이모세 산」[32] 연극 기억나니? 저게 진짜 이모세 산이란다."

라며 귓가에 입을 대고 말했다. 어릴 적 일이라 분명한 인상은 남아 있지 않지만, 산촌 지방에서는 아직 찬바람이 부는 4월 중순의 약간 흐릿한 저녁에 희끄무레 멀리 부옇게 보이는 하늘 아래 강 표면은 바람이 부는 길을 따라 비단처럼 잔잔하고 쪼글쪼글한 물결을 일으키고, 몇 겹으로 겹친 먼 산들 사이로 요시노 강이 흘러왔다. 그 산과 산 틈으로 작고 귀여운 형태의 산이 둥실 저녁 안개에 가려져 보였다. 그것이 강을 사이에 두고 마주 보고 있는 것까지는 알아볼 수 없었지만, 물줄기를 끼고 양쪽 기슭에 있다는 것을 나는 연극을 봐서 알고 있었다. 가부키 무대에서는 대판사 기요즈미(淸澄)의 아들 고가노스케(久我之助)와 그의 약혼녀 히나도리(雛鳥)라는 아가씨가 한쪽은 세 산, 한쪽은 이모 산골짜기 앞에 높은 누각을 지어 살았다. 그 장면은 연극 「이모세 산」 중에서도 동화적인 색채가 풍부한 장면이어서 소년의 마음에 강하게 새겨졌던지라, 그 무렵 어머니 말을 듣고 '아아, 저게 그 이모세 산이구나?'라고 생각하며 지금이라도 그 근처에 가면 고가노스케와 히나도리 아가씨를 만나기라도 할 듯한

---

32 18세기 후반 여러 작가의 합작으로 만들어진 대본 「이모세 산 여인 가훈(妹背山婦女庭訓)」을 가리킴. 인형극과 가부키로 상연됨.

아이다운 공상에 잠겼는데, 이후로도 나는 이 다리 위의 경치를 잊지 못하다가 문득 어떤 때 그립게 떠올리곤 했다.

그러다 스물한두 살 때의 어느 봄, 두 번째로 요시노를 찾아왔을 때에도 다시 이 다리 난간에 기대어 돌아가신 어머니를 생각하며 강 상류 쪽을 하염없이 본 적이 있다. 강은 마침 이 요시노 산록 근처에서 약간 펼쳐진 평야로 들어왔으므로 물의 기세가 거셌다가 '산도 없는 평지로 흘러가누나?'[33]라는 식의 느긋한 모습으로 변모했다. 그리고 상류의 왼쪽 기슭에 가미이치(上市) 마을이, 뒤로는 산을 업고 앞쪽으론 강물이 흐르는 한 줄기 길에 지붕이 낮고 드문드문 흰 벽들이 점점이 이어진 소박한 시골집들 무리가 보인다.

나는 지금 그 무쓰다 다리의 아래쪽을 지나 두 갈래로 갈라진 길을 왼쪽으로 꺾어 들어서 늘 강 아래에서 바라보기만 하던 이모세 산이 있는 방향으로 갔다. 길은 강기슭을 만나면서 똑바로 뻗어 있어서 보기에는 평탄하고 편안했는데, 가미이치로부터 미야타키(宮瀧), 구즈, 오타키(大瀧), 사코(迫), 가시와기를 거쳐 점차 안쪽 요시노 깊은 산으로 들어가 요시노 강의 원류에 이르러 야마토와 기이의 분수령을 넘어 마침내 구마노우라(熊野浦)[34]로 나간다고 한다.

나라에서 출발한 시각이 일러서 우리는 정오를 조금 지나 가미이치 마을에 들어섰다. 길가에 늘어선 인가들의

---

33   요사 부손(与謝蕪村, 1716~1784)이 지은 하이쿠(俳句)의 일부로, 앞에는 '봄 눈 녹은 물'이라는 구절이 있음.
34   미에 현(三重縣) 남부의 해안.

모습은 그 다리 위에서 상상한 대로 너무도 소박하고 고풍스러웠다. 강변 여기저기에 집들이 늘어서 있다가 끊기고 한쪽 편에만 마을이 보이기도 하지만, 거의 강의 조망을 막고 검게 그을린 격자를 댄 다락방같이 낮은 여느 이층짜리 집들이 양쪽을 메우고 있다. 걸으면서 어두침침한 격자문 안쪽을 들여다보면 시골집에 꼭 있는 뒷문까지 토방이 이어지고 그 토방 입구에 상호나 이름을 하얗게 물들인 감청색 포렴을 둘러놓은 곳이 많다. 가게뿐 아니라 평범한 주택들도 그렇게 하는 것이 일반적인 모양이다. 어느 집이나 겉모습만 보면 눌려 부서진 듯이 처마가 늘어지고 입구가 좁지만, 포렴 건너편 안쪽 마당을 들여다보노라니 나무들이 슬쩍 보이고 별채 같은 것이 있는 집도 보인다.

아마 이 근처 집들은 오십 년 이상, 개중에는 백 년이나 이백 년 된 집들도 있을 터다. 하지만 건물이 오래된 것치고는 어느 집이든 장지문 종이가 다 새것이다. 지금 막 새로 바꿔 붙인 듯 때가 타지 않은 종이가 발려 있고, 아주 조금 찢어진 부분도 꽃잎 모양의 종이로 정성껏 막아 놓았다. 그것이 너무도 맑은 가을 공기 속에서 선선한 느낌으로 하얗다. 한편으로는 먼지가 일지 않으니 이렇게 청결한 것이기도 하려니와, 또 한편으로는 유리 장지문을 사용해 보지 않았으니 종이에 대해 도회지 사람들보다 신경이 예민한 것이리라. 도쿄 부근의 집들처럼 겉면에 한 겹 더 유리문이 있으면 되겠지만 그렇게 해 두지 않아 종이가 더러워져 어둡거나 구멍이 나서 바람이라도 불어 들어오면 그냥 내버려 둘 수도 없는 노릇이다. 어쨌든 그 장지 색에 시원한 맛이 있어

집집마다의 격자나 창호가 그을리기는 했지만, 가난해도 몸가짐 반듯한 미녀처럼 청초하고 품위 있어 보인다. 나는 그 종이 표면에 비친 햇빛을 바라보면서 과연 가을은 가을이구나 하는 느낌을 깊이 받았다.

실제로 하늘은 선명하게 맑은데 그에 반사되는 햇빛은 밝으면서도 눈을 찌를 정도는 아니고 몸에 스밀 듯 아름답다. 해는 강 쪽으로 돌아서 마을 왼편 집들 장지에 비쳤고 거기에 반사되는 빛이 오른편 집들 안으로까지 들어간다. 청과물 가게 앞에 늘어선 감들이 특히 예뻤다. 단감, 납작한 고급 감, 미노(美濃) 지방의 감, 여러 형태의 감들이 바깥 햇살을 하나하나 그 매끈하게 반짝이며 완전히 익은 산호색 표면으로 받아들여 눈동자처럼 빛난다. 우동 가게의 유리 상자 안에 있는 우동 속 달걀까지 선명하다. 이전에는 처마 끝 아래에 멍석을 깔거나 키를 놓아서 거기에 소탄(消炭)을 말렸다. 어딘가에서 대장장이의 망치 소리와 정미기의 쏴쏴 쌀 고르는 소리가 들린다.

우리는 마을을 벗어난 곳까지 가서 어떤 식당의 강변 자리에서 점심을 먹었다. 이모세 산은 다리 위에서 바라봤을 때 훨씬 더 상류에 있는 것처럼 보였지만, 이리로 오니 바로 눈앞에 서 있는 두 언덕이었다. 강을 사이에 두고 이쪽 기슭이 이모 산, 저쪽 기슭이 세 산 ―「이모세 산 여인 가훈」의 작자는 아마도 이곳 실경을 직접 보고 구상을 얻은 것이겠지만, 이 근처의 강폭은 연극에서 본 것보다도 더 여유가 있어서 작품에 나타난 정도만큼 그리 긴박한 흐름은 아니다. 가령 양쪽 언덕에 고가노스케의 누각과 히나도리의 누각이 있었다고 해도 그런 식으로 서로 호응하지는 못했을 것이다. 세 산 쪽의 능선은 뒤의 산봉우리로 이어져 형태가 정돈되지 않았지만, 이모 산 쪽은 완전히 독립된 하나의 원추형 언덕이고 봉긋하게 푸른 나뭇잎 옷을 입고 있다. 가미이치 마을은 그 언덕 아래까지 이어져 강 쪽에서 건너다보면 집 안쪽이 이층집은 삼층으로, 단층집은 이층으로 되어 있다. 그 안에는 층계 위에서부터 강바닥으로 철사 전선을 걸고 거기에 밧줄로 양동이를 매달아 도르르 물을 담아 올리게 한 것도 있다.

"이봐, 이모세 산 다음에는 「요시쓰네 천 그루 벚나무」[35]가 있잖아."

라며 쓰무라가 문득 그런 이야기를 했다.

"천 그루 벚나무라면 시모이치지. 거기 두레박 초밥집은 들은 적이 있어. ——"

고레모리(維盛)[36]가 초밥 장수의 양자가 되어 숨어 지냈다는 조루리(淨瑠璃)[37]의 근거 없는 이야기를 빙자하여 시모이치 마을에 그 자손이라 칭하는 자가 살고 있다는데, 찾아가 본 적은 없지만 소문으로는 들었다. 어차피 그 집에 이가미 곤타(いがみ權太)[38]는 없지만 지금도 딸 이름을 오사

---

35   1747년에 초연된 인형극 대본으로 중세 겐페이(源平) 전투를 배경으로 한 작품.

36   다이라노 고레모리(平維盛, 1158~1184?): 겐페이 전투에서 대패하고 출가한 후 물에 빠져 자살한 인물.

37   샤미센을 반주로 하여 이야기를 풀어내는 무대 예술 음악의 일종.

38   「요시쓰네 천 그루 벚나무」에 등장하는 초밥집 아들로, 무법자였다가 개심하여 의롭게 죽는 인물.

토(お里)라 짓고 두레박 초밥을 판다는 이야기가 있다. 하지만 쓰무라가 화제로 꺼낸 것은 그 이야기가 아니라 바로 시즈카 고젠(靜御前)[39]의 하쓰네(初音) 북 — 그것을 보물로 소장하고 있는 집이 여기에서 더 들어간 미야타키의 건너편, 나쓰미(菜摘) 마을에 있다는 것이다. 그러면서 가는 길이니 그것을 보고 가자고 했다.

나쓰미 마을이라면 요쿄쿠 「두 시즈카(二人靜)」[40]에 나오는 나쓰미 강 기슭에 있을 것이다. '나쓰미 강 근처에서 어디서부터인가 모르게 여인이 나타나서는 — ' 요쿄쿠에서는 이렇게 시즈카의 망령이 나타나 '너무도 죄업이 서글프기에 하루 만에 경전을 베껴 쓰고'라 말한다. 후반부 춤을 추는 부분에 들어가 '실로 부끄럽구나, 내 신상의 일이지만 옛날을 잊을 수 없는 심정이라, ………지금 미요시노(三吉野)의 강 이름인 나쓰미 강의 여인이라 생각해 주오.'라고 되어 있으므로, 나쓰미 지역이 시즈카와 연고가 있다는 것은 전설로서도 상당히 근거가 있거나 아주 엉터리 이야기는 아닐지 모른다. 『야마토 명소 그림 모음(大和名所圖會)』[41] 같은 데에도 '나쓰미 마을에 꽃 광주리 물이라는 이름난 강이 있고, 또한 시즈카 고젠이 한동안 살았던 집터가 있다.'라고 되어 있는 것을 보면 전하는 이야기가 예전부터 있었음

---

39 12세기 비극적 주인공 무사 미나모토노 요시쓰네(源義経)의 측실로 가무를 하던 유녀 출신의 여인.

40 요시노에서 나물을 캐는 아가씨에게 시즈카 고젠의 혼령이 빙의하여 춤을 추게 된다는 노의 대본.

41 1791년 간행된 야마토 지역에 관한 그림과 읽을거리를 담은 지지(地誌).

을 알 수 있다. 북을 소유한 집은 오늘날 오타니라는 이름을 쓰고 있지만, 옛날에는 무라쿠니 쇼지(村國庄司)[42]라고 하여 그 가문의 옛 기록에 따르면 분지(文治) 무렵(1185~1190년) 요시쓰네와 시즈카 고젠이 요시노로 쫓겨 갔을 때 그곳에 체류한 적이 있다고 한다. 또한 부근에는 기사(象)의 작은 강, 우타타네 다리, 시바 다리와 같은 명소도 있어서 유람 겸 하쓰네 북을 보여 달라고 가는 사람도 있지만, 가문 대대로 내려오는 보물이라 그럴 만한 인물에게 미리 부탁이라도 받아 놓지 않으면 잘 모르는 낯선 이에게는 보여 주지 않는다. 그래서 쓰무라는 그걸 보여 달라고 할 심산으로 구즈의 친척에게 이야기를 전해 두었기 때문에 아마도 오늘쯤 주인장이 기다리고 있을 것이라고 했다.

"그러니까 그 어미 여우의 가죽을 사용했기 때문에 시즈카 고젠이 북을 두둥 하고 울리자 다다노부(忠信) 여우가 모습을 드러냈다[43]는 그 북이로군."

"그래, 그렇지. 연극에서는 그래."

"그걸 가지고 있는 집이 있단 말이야?"

"있다니까."

"정말 여우 가죽으로 만들었나?"

"그건 나도 못 봤으니 보증이야 못 하지만, 어쨌든 유서 있는 집이라는 점은 분명하다고 하더군."

---

42 무라쿠니는 성(姓)이고, 쇼지(庄司)는 장원 영주의 대관(代官)을 맡은 자의 직함.

43 하쓰네(初音) 북은 천 년의 연공을 쌓아 신통력을 얻은 부부 여우의 가죽으로 만들었다고 하며, 그 아들 여우가 사람으로 둔갑한 것이 사토 다다노부(佐藤 忠信, 1161~1186)라는 오랜 전설이 있음.

"그것도 역시 두레박 초밥집과 비슷한 경우 아닐까? 요쿄쿠에 「두 시즈카」라는 작품이 있으니 그 옛날에 장난기 많은 누군가가 생각해 낸 거겠지."

"그럴지도 모르지만 그래도 나는 그 북에 관심이 좀 있어. 오타니 씨 집을 방문해서 그 하쓰네 북을 꼭 보고 싶네. ─ 예전부터 그런 생각을 가지고 있었는데, 그게 이번 여행의 목적 중 하나거든."

쓰무라의 말끝에는 무언가 곡절이 있는 듯 보였지만 "다음에 언젠가 이야기하지."라며 그때는 그렇게만 말했다.

셋. 하쓰네의 북

가미이치로부터 미야타키까지의 길은 변함없이 요시노 강 물줄기를 오른쪽으로 끼고 나아간다. 산이 점점 깊어짐에 따라 가을도 점차 절정으로 접어든다. 우리는 종종 상수리나무 숲속으로 들어가 온통 떨어져 깔린 낙엽 위를 바스락바스락 소리를 내면서 걸어간다. 이 근처엔 단풍나무가 비교적 적고 또한 한곳에 몰려 있지도 않지만 단풍은 지금 최고 절정이라 담쟁이덩굴, 거먕옻나무, 개옻나무 등이 삼나무 많은 봉우리 여기저기에 드문드문 자라 가장 짙은 붉은색부터 가장 옅은 노랑에 이르기까지 알록달록한 잎을 보여 주고 있다. 한마디로 단풍이라고는 하지만 이렇게 보고 있으니 노란색, 갈색, 붉은색 그 종류가 정말 복잡하다.

같은 노란색 잎 중에도 몇 십 종류나 되는 각기 다른 다양한 노랑이 있다. 야슈(野州) 시오바라(塩原)[44]의 가을이 시오바라 안의 모든 사람 얼굴을 붉게 물들인다는 말이 있는데, 그렇게 한 가지 색으로 물드는 단풍도 장관이지만 여기 같은 단풍도 나쁘지 않다. '요란(繚亂)'이라는 말이나 '천자만홍(千紫萬紅)'이라는 말은 봄 들판의 꽃들을 형용한 것이겠지만, 이곳은 가을 색조의 '노랑'을 기조로 했다는 차이만 있을 뿐, 색채의 변화가 풍부하다는 점에서 어쩌면 봄 들판에 뒤지지 않는 듯하다. 그렇게 그 잎은 산봉우리와 산봉우리 사이의 틈에서 계곡으로 흘러드는 햇빛 속을 가로질러, 이따금 금가루같이 빛을 발하며 물에 떨어진다.

『만요슈』에 「천황께서 요시노의 궁으로 행차하시다(天皇幸于吉野宮)」라고 설명된 덴무 천황(天武天皇)의 요시노 이궁(離宮) ── 가사노 가나무라(笠金村)[45]라는 귀족이, 이른바 '요시노에서 용솟음치는 강물 천황의 궁궐'이라고 한 미후네야마(三船山)[46], 가키노모토노 히토마로(柿本人麿)[47]가 와카(和歌)[48]로 노래한 '아키즈(秋津) 들판'[49] 등은 모두 이 미야타키 마을 근처라고 한다. 우리는 이윽고 마을 도중

---

44   도치기 현(栃木縣)에 있는 시오바라 온천을 가리키며 가을 단풍으로 유명.

45   8세기에 활약한 가인(歌人)으로 『만요슈』에 많은 와카를 남김.

46   요시노 나쓰미 마을 남동쪽에 있는 표고 487미터의 산으로 『만요슈』에 등장함.

47   가키노모토노 히토마로(柿本人麻呂, 생몰년 미상): 6세기 인물로 『만요슈』의 대표적 가인으로 꼽힘.

48   서른한 글자가 5·7·5·7·7의 음수율로 정형화된 일본의 오래된 시가 형식.

49   요시노 이궁이 있던 지역의 옛 이름.

에서 가도를 벗어나 건너편 기슭으로 건너간다. 이 근처에서 계곡이 점차 좁아지며 기슭은 험준한 절벽이 되고 격하게 흐르던 물줄기는 강바닥의 거대한 암석과 부딪치며 때때로 새파란 못을 가득 채웠다. 꾸벅꾸벅 존다는 뜻의 우타타네 다리는 나무 우거진 기사(象) 골짜기 안에서 개천의 물줄기가 약해져 그 못으로 졸졸 흘러드는 곳에 걸쳐 있다. 요시쓰네가 이 다리에서 꾸벅꾸벅 졸았다는 것은 아마 후세에 억지로 만들어 붙인 이야기일 것이다. 하지만 한 줄기 맑은 물 위에 걸린 연약하고 위태로운 그 다리는 나무들 무성한 곳 사이에 거의 숨어 있다시피 한데, 뗏목에나 달릴 법한 앙증맞은 지붕이 다리 위에 덮여 있는 것이었다. 아마 비보다도 낙엽을 막기 위해서가 아닐까 싶다. 그렇지 않다면 지금 같은 계절에는 순식간에 나뭇잎에 파묻혀 버릴 것 같은 느낌이다. 다리 옆에 두 채의 농가가 있어서 그 지붕 아래를 반쯤 자기 집 창고로 사용하는 모양인지 사람들이 다니는 길을 남기고 장작더미가 쌓여 있다. 여기는 히구치(樋口)[50]라는 곳으로, 여기에서 길이 둘로 갈려 한쪽은 강기슭을 따라 나쓰미 마을로, 한쪽은 우타타네 다리를 건너 사쿠라기노미야(櫻木の宮), 기사타니(喜佐谷) 마을[51]을 거쳐 위쪽 천 그루에서 이끼 낀 시미즈(清水), 사이교 암자(西行庵)[52] 쪽으로

---

50 미야타키와 요시노 강을 끼고 마주 보는 건너편 기슭 지역.

51 사쿠라기노미야와 기사타니 마을은 모두 요시노 강으로 지류가 흘러드는 합류 지점의 약 500미터 상류 지역.

52 벚꽃과 달의 와카로 유명한 승려 가인 사이교(西行, 1118~1190)가 요시노 산 긴푸신사(金峰神社) 오른편 500미터 떨어진 곳에 한때 암자를 마련하였다.

나갈 수 있다. 아마도 시즈카 고젠의 노래에 나오는 '봉우리의 하얀 눈 헤쳐 밟으며 들어간 사람'[53]은 이 다리를 지나 요시노의 뒷산에서 주인(中院) 계곡[54] 쪽으로 간 것이리라.

정신을 차리고 보니 어느샌가 우리가 가는 쪽의 눈앞에 높은 봉우리가 바로 우뚝 솟아 있었다. 하늘이 보이는 범위는 한층 좁아져 요시노 강의 흐름도, 인가도, 길도, 이제 바로 거기에서 끝나 버릴 것 같은 계곡인데 틈만 있으면 어디까지고 뻗어 나갈 것처럼 보이기도 하는, 삼면 산봉우리 사이의 거센 바람에 둘러싸인 마을은, 주머니 안쪽처럼 푹 들어간 땅의 비좁은 강변 비탈면에 단을 쌓아서 초가지붕을 얹고 밭을 일구는 곳, 바로 나쓰미 마을이다.

과연 물의 흐름과 산세가 마치 세상을 피하는 이들이나 기거할 법한 지형이라는 인상을 준다.

오타니 씨의 집을 물으니 금방 알려 주었다. 거기는 마을 입구에서 대여섯 정 들어가 강가 쪽으로 접어든 뽕밭 안에 여느 집들보다 눈에 띄게 훌륭한 지붕을 가진 집이었다. 오랜 가문답게 풀로 큰 지붕을 엮고 행랑채만 기와지붕을 얹었는데, 뽕나무가 키 크게 자란 탓에 멀리서 보면 뽕나무 잎 위에 바다의 섬처럼 떠 있는 듯해서 너무도 우아하다. 하지만 실제 집은 지붕 형식에 비해 평범한 농가로, 전답을 마주 보며 두 칸이 이어진 고풍스러운 응접실은 앞면 장지문

이곳에서 와카도 지어 남겼다 함.

53   시즈카 고젠이 춤을 추며 부른 노래의 한 구절로 남편 요시쓰네를 가리킴.

54   요시노 산 밑자락 서남쪽의 내리막 계곡으로 요시쓰네가 몸을 숨겼다는 곳.

을 활짝 열어 두었고, 도코노마(床の間)[55]가 있는 쪽 객실에 집주인으로 보이는 마흔 살가량의 남자가 앉아 있었다. 마침 우리 둘의 모습을 보더니 통성명도 하기 전에 인사를 하러 나왔는데 탄탄히 긴장된 햇볕에 탄 얼굴색하며, 부스스하고 사람 좋아 보이는 눈매, 목이 짧고 어깨가 넓은 체격, 아무리 보아도 일개 우직한 농부다.

"구스의 곤부 씨한테서 이야기를 듣고 접때부터 기다리고 있었더래요."

이렇게 하는 말조차 알아듣기 힘든 시골 사투리라 이쪽이 뭘 물어봐도 신통한 대답은 해 주지 않고 그저 성실하게 날씨 인사부터 챙긴다. 생각건대 이 집은 지금에야 영락하여 옛날 모습을 별로 찾아볼 수 없게 됐지만, 도리어 나는 이런 인품을 가진 사람과 쉽게 친숙해진다.

"바쁘실 텐데 이렇게 방해해서 미안합니다. 댁에서는 가문의 보물을 소중히 지니고 계셔서 사람들에게 잘 보여 주지 않으신다 하던데, 결례인 줄 알면서도 그 보물을 좀 보여 주십사 찾아왔습니다."
라고 말하니,

"아뇨, 사람들에게 아주 보여 주지 않는 건 아니더래요."
하며 당혹스러운 듯이 주저주저하더니,

"사실 그 물건을 꺼내기 전에는 이레 동안 목욕재계하라는 조상들의 가르침이 있어서요. 하지만 이제는 그런 번

---

55 다다미를 깐 객실 등의 상좌에 바닥을 다소 높게 만든 장식 공간.

거로운 과정을 일일이 따질 수 없으니 희망하는 분에게는 마음 편히 보여 드리려고 생각은 하는데, 매일 농사일에 쫓기는 신세다 보니 갑자기 찾아오시면 이리 상대해 드릴 시간이 없더래요. 특히 어제오늘은 가을 누에 일이 안 끝나서 온 집안의 다다미 같은 것도 평소에는 전부 거두어 두는 식이니, 갑자기 손님이 오셔도 들어오시라고 할 만한 방도 없는 상태라요. 그런 형편이니 조금이라도 미리 알려 주시면 어떻게든 시간을 내서 이렇게 기다리는 거래요."

라며 새카만 손톱이 자란 손을 무릎 위에 포개고 어렵사리 말을 하는 것이었다.

그러고 보니 이 날은 특별히 우리를 위해 이 두 칸짜리 방에 일부러 다다미를 꽉 채워 깔고 기다려 준 것이 틀림없다. 맹장지 문틈으로 가재도구를 담아 둔 방을 들여다보니 거기는 아직 마루판 상태 그대로였고, 급하게 그리로 밀어 넣어 둔 듯 보이는 농기구들이 복닥복닥 모여 있다. 도코노마에는 이미 보물 여러 개가 장식되어 있고, 주인은 그 물품들을 하나하나 공손히 우리 앞에 늘어놓았다.

「나쓰미 마을 유래(菜摘邨來由)」라고 제목이 붙은 두루마리 책이 한 권, 요시쓰네 공에게서 받았다는 큰 칼, 작은 칼 여러 자루 및 그 목록, 날밑, 허리에 차는 화살통, 도기로 된 술병 그리고 시즈카 고젠으로부터 전해 온 하쓰네의 북 등의 품목들. 그중에서 「나쓰미 마을 유래」라는 두루마리 책은 권말에 '이상은 고조(五條)의 대관(代官) 관청에서 당시 대관이신 나이토 모쿠자에몬(內藤杢左衛門) 님이 그때 말씀하신 것인데, 분부에 따라 오타니 겐베(大谷源兵衛)가 일흔여섯 살 나이로 전해 들은 대로 기록하여 우리 가문에 남겨 둔 것이다.'라고 되어 있고, '안세이(安政) 2년(1855년) 목성이 을묘 방향에 깃든 해의 여름'이라는 날짜가 적혀 있다.

그 안세이 2년에 대관 나이토 모쿠자에몬이 이 마을로 왔을 때 지금 주인의 몇 대인가 이전 선조에 해당하는 오타니 겐베 노인이 무릎을 꿇은 상태로 대면했는데, 이 기록을 보여 주니 이번에는 오히려 대관 쪽이 자리를 양보하고 무릎을 꿇었다고 한다. 다만 두루마리 책은 종이가 검게 그을린 듯 더러워진 탓에 판독하기가 매우 고생스러우므로 따로 사본이 첨부되어 있다. 원문 쪽은 어떨지 잘 모르겠지만, 사본 쪽은 오자나 비문이 상당히 많고 '읽기'를 달아 놓은 것에도 확연하지 않은 부분이 많아서, 도저히 정식 교양을 가진 사람의 손에서 이루어진 작업이라고는 믿기지 않는다.

하지만 그 글에 따르면 이 집안의 조상은 나라(奈良) 시대 이전부터 이 지역에 살며, 임신년의 난[56] 때는 마름 격인 무라쿠니 오요리(村國男依)가 덴무(天武) 천황의 편입을 천명하고 오토모(大友) 황자를 공격하였다. 그때 오요리는 이 마을에서 가미이치에 이르는 오십 정[57]의 땅을 영유하고 있었으므로 나쓰미 강이라는 이름은 그 오십 정 사이에 흐르는 요시노 강을 부르는 것이란다. 한편 요시쓰네에 관해서는 '또한 미나모토노 요시쓰네 공이 강 상류의 시로

---

56 672년 임신년에 일어난 일본 고대 최대의 내란으로 덴치(天智) 천황의 아들과 동생(후에 덴무 천황) 간의 황위 계승을 둘러싼 다툼.

57 넓이 단위로서의 1정(町)은 3000평, 약 1만 제곱미터이므로, 50정은 15만 평, 약 50만 제곱미터.

야가타케(白矢ガ岳)에서 오월 단오를 축하하시어 거기에서 하류로 내려와 여기 무라쿠니 거처에서 삼사십 일 체류하시며 미야타키, 시바하시(柴橋)를 보시고 그때 읊으신 와카로······'라고 하며 와카 두 수가 실려 있다.

나는 오늘날까지 요시쓰네의 와카라는 것이 있다는 사실을 몰랐는데, 거기에 기재된 와카는 아무리 잘 모르는 사람이 봐도 왕조 말엽의 정조라고는 느낄 수 없고 말투마저 너무 점잖지 못하다. 다음으로 시즈카 고젠 쪽은 '그때 요시쓰네 공의 애첩인 시즈카 고젠이 무라쿠니 가문에 체류하시다가 요시쓰네 공이 오슈(奧州)[58]로 쫓겨난 무렵부터 이제 더 이상 의지할 곳이 없다며 목숨을 버리신 우물이 있는데, 시즈카 우물이라고 전해진다.'라고 되어 있으므로 여기에서 죽었다는 것이다. 또한 여기에 '그런데 시즈카 고젠이 요시쓰네 공과 헤어지신 그 망념에 밤마다 불덩이가 되어 이 우물에서 나오는 일이 약 삼백 년가량 지속되어, 이가이무라(飯貝村)에서 여러 사람을 귀의시킨 바 있는 렌뇨(蓮如) 스님께 마을 사람들이 부탁하여 시즈카의 망령을 구제해 달라고 탄원을 하니, 스님은 거리낌 없이 받아들이시고 오타니 씨가 비밀리에 소장하던 시즈카 고젠의 옷에 와카 한 수를 적어 두셨다.'라며 그 와카를 거론하였다.

우리가 이 두루마리 책을 읽는 동안 주인은 단 한 마디도 설명을 덧붙이지 않고 잠자코 조아릴 뿐이었다. 하지만

---

58 무쓰(陸奧) 지방, 즉 지금의 후쿠시마(福島), 미야기(宮城), 이와테(岩手), 아오모리(靑森) 일대의 총칭.

마음속에 아무런 의심도 없이 선조로부터 전해진 이 기사의 내용을 뼛속까지 맹신하는 듯한 표정이다.

"그 스님이 와카를 쓰신 옷은 어떻게 되었습니까?"

하고 물으니 선조 때 시즈카의 보리를 빌기 위해 마을의 사이쇼지(西生寺)라는 절에 기부했는데, 지금은 누구의 손으로 넘어갔는지 절에서도 사라져 버렸다고 한다. 큰 칼, 작은 칼, 메는 화살통 등을 손에 들고 보았는데, 연대가 상당히 지난 것인 듯싶었고 특히 메는 화살통은 너덜너덜해졌지만, 우리가 감정할 수 있는 성질의 것이 아니었다. 문제의 하쓰네 북은 가죽 없이 그냥 몸통만 오동나무 상자에 담겨 있었다. 이것도 잘은 모르지만 옻칠은 비교적 새로 한 듯하고, 금은 가루를 뿌려 그린 모양 같은 것도 없으며, 겉보기에는 아무런 특별한 점도 없는 검정 무지의 몸통이다. 무엇보다 나뭇결이 오래돼 보였으므로 어쩌면 어느 대엔가 다시 칠한 것일지도 모른다.

"글쎄, 그럴지도 모르지요."

라며 주인은 전혀 무관심한 듯 답변을 한다.

밖에 지붕과 문이 붙은 삼엄한 모양의 위패 두 기가 있다. 하나의 문에는 접시꽃 무늬가 있고, 그 안에 '정일위(正一位)를 추증받은 대상국공(大相國公)[59] 존의(尊儀)'라고 새겨져 있다. 또 다른 한쪽은 매화 문양으로 중앙에 '귀진(歸眞) 송예(松譽)[60] 정옥(貞玉) 같은 여인의 위패'라고 새겨져

---

59   접시꽃 무늬의 가문(家紋) 등을 고려하면 도쿠가와 이에야스의 위패.

60   귀진은 '진리의 세계로 돌아간다.'는 의미에서 죽음을 가리키며, 송예는 정토

있는데, 그 오른쪽에 '겐분(元文) 2년(1737년) 양의 해', 왼쪽에 '윤 11월 13일'이라 써 있다. 하지만 주인은 이 위패에 관해서도 아는 게 아무것도 없는 듯했다. 다만 옛날부터 오타니 가문의 주군에 해당하는 인물 것이라 일컬어졌고, 매년 정월 초하루 이 두 위패에 배례하는 일이 통례가 되었다고 한다. 그리고 겐분 연호가 있는 쪽이 어쩌면 시즈카 고젠의 위패가 아닐까 생각한다며 진지한 얼굴로 말했다.

그 사람 좋아 보이고 소심한 듯 슴벅거리는 눈을 보니 우리로서는 아무런 할 말도 없었다. 이제 와서 겐분이라는 연호가 어느 시대인지를 설명하고[61] 시즈카 고젠의 생애에 관해 『아즈마카가미(吾妻鑑)』[62]나 『헤이케모노가타리(平家物語)』[63]를 예로 들 것까지야 없으리라. 요컨대 이곳 주인은 오로지 정직하게 그렇게 믿는 것이다. 주인 머릿속에 있는 것은 쓰루가오카(鶴ヶ岡) 신사 앞 요리토모(賴朝)[64]의 면전에서 춤을 추던 그 시즈카라고는 할 수 없다. 그것은 이 집의 오래전 선조가 살던 옛날 — 그리운 고대를 상징하는, 어떤

종(淨土宗)의 법호(法号).

61 겐분은 1736~1741년, 즉 시즈카 고젠의 생애에서 약 500년 이후이므로 어불성설.

62 12세기 후반부터 13세기 중반까지 가마쿠라(鎌倉) 막부의 사적을 기술한 편년체의 쉰두 권짜리 역사서.

63 헤이케(平家), 즉 다이라(平) 가문의 흥망성쇠를 중심으로 12세기 후반의 동란을 그린 장편 이야기.

64 가마쿠라 막부를 세운 미나모토노 요리토모(源賴朝, 1147~1199)를 가리킴. 시즈카 고젠은 요리토모와 대립하던 남편 요시쓰네를 그리워하는 가무를 선보여서 요리토모를 격노시킴.

고귀한 여성이다. '시즈카 고젠'이라는 한 지체 높은 여인의 환영 안에 '선조'에 대한, '주군'에 대한, '옛날'에 대한 숭경과 사모의 정을 바치는 것이다. 그러한 지체 높은 여인이 실제 이 집에서 머물 곳을 찾고, 세상을 쓸쓸히 살았는지 아닌지를 물을 수는 없는 노릇이다. 이렇게 주인이 믿고 있다면 믿는 대로 그냥 두면 된다. 굳이 주인에게 동정을 하자면, 어쩌면 그것이 시즈카가 아니라 남조(南朝)의 공주님이었든, 전국(戰國) 시대 무렵의 도망자였든, 누구라 해도 이 집이 부유하게 번영했던 시절에 무언가 아주 비슷한 일이 벌어져 거기에 시즈카의 전설이 섞여 든 것일지도 모른다.

우리가 인사를 하고 돌아가려 하자,

"대접할 게 아무것도 없지만, '즈쿠시'를 드시고 가시렵니까?"

라고 주인은 차를 내오며 쟁반에 담은 감과 재가 들어 있지 않은 빈 재떨이를 함께 내어 주었다.

'즈쿠시'란 어쩌면 '주쿠시(熟柿)', 즉 잘 익은 홍시일 것이다. 빈 재떨이는 담뱃재를 버리기 위한 것이 아니라 물렁물렁 푹 익은 홍시를 그 그릇에 받치고 먹으라는 뜻이리라. 계속 권하니 권하는 대로, 우리는 지금이라도 무너져 내릴 듯한 그 감 하나를 터질까 조심조심 손바닥 위에 올려 보았다. 원추형으로 꼬리가 삐죽이 큰 감인데, 새빨갛게 완전히 익어 반투명 상태가 된 과실은 마치 고무로 된 봉지처럼 부풀어 통통하면서도 햇살이 비치니 낭간(琅玕) 옥처럼 아름답다. 시중에서 파는 통에 담은 감 같은 것은 아무리 익어도 이런 뛰어난 색감을 지니지 못하고 이렇게 부드러워지기 전에 모양부터 와르르 무너져 버린다. 주인이 말하기를 즈쿠시를 만드는 데에는 껍질이 두꺼운 미노(美濃) 감 만한 것이 없다고 한다. 아직 딱딱하고 떫을 때 가지에서 따서, 가능하면 바람이 닿지 않는 곳의 상자나 광주리에 넣어 둔다. 그렇게 해서 열흘 정도 지나면 아무런 인공을 가하지 않아도 자연스럽게 껍질 안 과실은 되직한 유동체(流動體)가 되어 감로 같은 단맛을 머금는다. 다른 감들은 속이 물처럼 녹아내려 미노 감처럼 찐득해지지 않는다. 이것을 먹으려면 반숙 달걀을 먹듯이 꼭지를 따서 그 구멍을 통해 숟가락으로 떠먹는 방법도 있지만, 역시 손이 더러워지더라도 그릇에 받치고 껍질을 벗겨 먹는 쪽이 맛있다. 하지만 보아도 아름답고 먹어도 맛있는 것은 딱 열흘 정도의 기간을 맞춘 때여야지 그 이상 날이 지나면 즈쿠시도 결국 물처럼 되어 버린다고 한다.

그런 이야기를 들으며 나는 한동안 손 위에 있는 한 방울의 이슬처럼 생긴 감 구슬을 한참 쳐다보았다. 그러자 내 손바닥 안에 이 산간의 영기(靈氣)와 햇빛이 응고된 듯한 느낌이 들었다. 옛날 시골 사람이 도읍에 가면 그곳의 흙을 한 줌 종이에 싸서 귀성 선물 삼아 들고 갔다는 이야기를 들었는데, 내가 만약 누군가에게 요시노의 가을 풍경을 질문받는다면 이 홍시를 애지중지 들고 돌아가서 보여 주리라.

결국 오타니 씨 집에서는 북이나 고문서보다도 이 '즈쿠시'에 감동했다. 쓰무라와 나는 잇몸부터 배 속으로 배어드는 차가운 맛에 환호하며 달고 찐득한 홍시를 탐닉하듯 두 개나 먹었다. 나는 내 입안에 요시노의 가을을 뺨이 부풀도록 잔뜩 집어넣었다. 생각해 보니 불경에 나오는 암마라과(菴摩羅果)[65] 열매도 이 정도로 맛있지는 않을 것 같다.

넷. 곤카이

"이봐, 그 유래가 적힌 문서를 보니 하쓰네 북은 시즈카 고젠의 유물이라고만 했지 여우 가죽이라고는 적혀 있지 않던데."

"그래, 그러니까 나는 그 북이 각본보다 이전에 있었다고 생각해. 나중에 마련된 것이라면 어떻게든 조금 더 연극 줄거리와 맺어지도록 만들지 않았을 리가 없지. 그러니까 이모세 산의 작자가 실제 경치를 보고 그런 취향의 구성을 생각해 낸 것처럼,『천 그루 벚나무』작자도 예전에 오타니 가문을 찾아왔든지 소문을 듣든지 해서 그런 생각을 해 낸 게 아닐까? 무엇보다『천 그루 벚나무』의 작자는 다케다 이즈모(竹田出雲)[66]니까, 그 각본이 완성된 건 적어도 호레키(宝暦, 1751~1764년) 이전일 테니, 안세이 2년(1855년)이라는 유래에 써진 내용이 더 나중에 생긴 거라는 의문점이 생기지. 하지만 '오타니 겐베가 일흔여섯에 전해 들은 대로 기록'했다는 말대로 전래는 훨씬 오래된 게 아닐까? 설령 그 북이 가짜라고 해도 안세이 2년에 만들어진 것이 아니라 훨

---

65   산스크리트어로 망고를 말함.
66   다케다 이즈모(竹田出雲, 1691~1756): 조루리 작자로 에도 시대 인형극의
     전성기를 구가함.

씬 이전부터 있었던 거라고 상상하는 건 무리일까?"

"그래도 그 북은 너무 새것 같지 않았어?"

"아니, 새것일지도 모르지만 북도 도중에 다시 칠을 하거나 새로 만들거나 해서 두세 세대 거친 거니까. 그 북 이전에는 더 오래된 것이 그 오동나무 상자 안에 담겨 있었을 거라고 생각해."

나쓰미 마을에서 건너편 미야타키로 돌아가는 데에는 역시 명소의 하나로 꼽히는 시바하시(柴橋)를 건너야 한다. 우리는 그 다리 옆 바위 위에 걸터앉아 잠시 이런 이야기를 나누었다. 가이바라 에키켄(貝原益軒)[67]의 『야마토 순람기(和州巡覽記)』[68]에 '미야타키는 폭포가 아니고 양쪽에 큰 바위가 있어 그 사이로 요시노 강이 흐르는 것이다. 양쪽 기슭은 커다란 바위로 그 높이가 다섯 간(間) 정도며 병풍을 세운 듯하다. 양쪽 기슭 사이로 강의 폭은 세 간 정도고, 좁은 곳에 다리가 있다. 큰 강이 여기에 이르러 좁아지는 까닭에 강물이 몹시도 깊어지는데 그 경치가 실로 절묘하다.'라고 되어 있는데, 마침 지금 우리가 쉬고 있는 이 바위에서 본 경치일 터다.

'마을 사람들은 바위뛰기라고 하여 기슭 위에서 물속으로 뛰어들어 강 아래로 헤엄쳐 나아가는 모습을 사람들에게 보여 주고 돈을 받는다. 뛰어내릴 때에는 두 손을 몸에

---

67   가이바라 에키켄(貝原益軒, 1630~1714): 주자학에 입각한 유학자이자 교육 사상가.

68   가이바라 에키켄이 1696년 간행한 지지이자 고증적인 여행기.

붙이고 두 발을 모아서 뛰어들며 물속에 한 길 정도 들어갔다가 두 손을 뻗으며 떠오른다.'라고 되어 있고 『야마토 명소 그림 모음』에는 그 바위뛰기 그림이 나와 있는데, 양쪽 기슭의 지세와 물의 흐름이 그림이 보여 주는 그대로다. 강물은 이쪽으로 와서 급커브를 그리고 거대한 바위 사이로 흰 물보라를 뿜으며 쏟아져 내린다.

아까 오타니 집에서 듣기로는 매년 뗏목이 이 바위에 부딪혀 조난하는 경우가 드물지 않단다. 바위뛰기를 하는 마을 사람은 평소 이 주변에서 낚시를 하거나 밭을 갈거나 하다가 이따금 지나가는 나그네라도 있으면 재빨리 꼬드겨서 평소 갈고닦은 재주를 보여 준다. 건너편 기슭의 다소 낮은 바위에서 뛰어내리면 백 문(文)[69], 이쪽 높은 절벽에서 뛰어내리면 이백 문, 그래서 건너쪽 바위를 백문바위, 이쪽 바위를 이백문바위라고 부르며, 지금도 그 이름이 남아 있을 정도다. 오타니 가문의 주인도 젊은 시절에 그 광경을 본 적이 있지만, 최근에는 그런 것을 구경하는 나그네도 거의 사라져 어느샌가 자취를 감추어 버렸다고 한다.

"있잖아, 옛날에는 요시노 벚꽃놀이라고 하면 지금처럼 길이 닦여 있지 않으니 우다(宇陀) 군 쪽으로 돌아오거나 이 근처를 지나는 사람이 많았을 거야. 그러니까 요시쓰네가 패해서 온 길로 보는 게 당연한 수순이 아니었을까? 그러니 다케다 이즈모 같은 사람이 틀림없이 여기로 와서 하쓰네 북을 본 적이 있는 거지."

---

69 문(文)은 에도 시대의 동전 최소 단위.

— 쓰무라는 그 바위 위에 걸터앉아 왠지 아직도 하쓰네의 북에 마음을 쓰고 있는 것이다. 자신이 다다노부 여우는 아니지만 하쓰네 북을 연모하는 마음에 있어선 여우보다 더할 정도로, 어쩐지 그 북을 보니 부모님이라도 만난 듯한 느낌이 든다며 쓰무라는 그런 말을 꺼냈다.

이제 이쯤에서 나는 이 쓰무라라는 청년에 대해 대강 독자들에게 알려 주어야 할 것 같다. 사실을 말하자면 나도 이때 바위 위에서 그 고백을 듣기 전까지 상세한 내용은 몰랐다. — 이렇게 말하는 이유는 전에도 약간 말한 것처럼 그와 나는 도쿄의 일고 시절 동창으로 당시에는 친한 사이였다가 일고에서 대학으로 진학할 때, 쓰무라는 집안 사정으로 오사카의 본가로 돌아가고 그 이후로 학업을 포기해 버렸다. 내가 듣기로 그 무렵 쓰무라의 집안은 시마노우치 (島の内)의 오래된 가문으로 대대로 전당포를 경영했다고 한다. 여자 형제가 둘 있는데 부모는 일찍이 돌아가시고, 아이들은 주로 할머니 손에 자랐다. 그리고 누나는 진작 다른 집으로 시집을 갔고, 그 무렵 여동생도 혼약할 가문이 정해졌다고 한다. 그러자 할머니도 점점 마음 둘 곳이 없어져 쓰무라를 곁에 불러 두고 싶어 한 측면도 있고 집안일을 돌볼 사람이 없기도 하여, 갑자기 학교를 그만두기로 했단다.

"그럼 교토 대학으로 가면 어때?"

라고 내가 권해 보았지만 당시 쓰무라의 뜻은 학문보다 창작에 있었다. 어차피 가게는 지배인에게 맡겨 두면 되었으므로 틈만 나면 짬짬이 소설이라도 쓰는 게 마음 편하다고 말할 심산이었던 모양이다.

그 후로 가끔 편지는 했지만 전혀 글을 쓰는 듯싶지는 않았다. 말은 그렇게 해도 집에서 안정을 찾고 생활에 불편함이 없는 젊은 도련님 입장이 되면 자연히 야심도 수그러드는 법이니 쓰무라도 어느새 자신이 처한 환경에 익숙해져 평온한 생활에 만족하게 되었던 것이리라. 그로부터 이 년 정도 지난 어느 날, 나는 그에게서 온 편지 말미에서 할머니가 돌아가셨다는 소식을 읽고 조만간 가까운 시일 안에 '사모님'이라는 말에 어울리는 교토의 전형적인 아내라도 맞아 그도 결국 시마노우치의 주인장이 되어 버리겠거니 상상하던 차였다.

그런 사정으로 이후에도 두세 번 쓰무라가 상경은 했지만 학교를 졸업하고 나서 차분히 이야기를 나눌 기회를 가진 것은 이번이 처음이었다. 그리고 나는 오랜만에 만나는 이 친구의 모습이 거의 상상하던 그대로라는 점을 느꼈다. 남자든 여자든 학생 생활을 마치고 가정의 사람이 되면 갑자기 영양 상태가 좋아진 듯 얼굴색이 희어지고 살집도 풍만해지며 체질에 변화가 일어나는 법인데, 쓰무라의 인품에도 어딘가 오사카 도련님다운 둥글둥글한 원만함이 생겨 아직 다 빠지지 않은 서생 같은 말투 속에도 교토 쪽 사투리의 강세가 — 예전부터 다소 그렇기는 했지만 예전보다도 한층 현저하게 — 묻어나는 것이다. 이렇게 적어 놓으면 대략 독자들도 쓰무라라는 사람을 머릿속에 그릴 수 있으리라.

그런데 그 바위 위에서 쓰무라가 갑자기 꺼낸 하쓰네 북과 거기에 얽힌 인연 — 그리고 또 그가 이번 여행을 결심하게 된 동기, 자기 가슴속에 품고 있던 목적 — 그 경위

는 상당히 긴 이야기인데, 이하에서 가급적 간략히 그가 한 이야기를 전하기로 한다. ──

　내 이런 마음은 오사카 사람이 아니면, 또 나처럼 일찍 부모를 여의고 부모 얼굴도 모르는 사람이 아니면(── 이라고 쓰무라가 말했다.) 도저히 이해 못 할 거라고 생각해. 자네도 알겠지만 오사카에는 조루리와 이쿠타류(生田流)[70]의 쟁곡과 지우타(地唄)[71], 이 세 가지 고유한 음악이 있지. 내가 특별히 음악을 좋아한다고 할 정도까지는 아니지만, 그래도 역시 지역 풍습으로 그런 것들과 친숙할 때가 많았으니 자연히 귀에 익어서 모르는 사이에 영향을 받은 점이 적잖아. 특히 아직도 기억나는 것은 내가 네 살인지 다섯 살 때 시마노우치 집 안방에서 피부가 희고 눈매가 시원하고 우아한 도시 여인과 눈이 먼 겐교(檢校)[72]가 거문고와 샤미센[73]을 합주하던 ── 그 어느 날의 정경이야. 나는 그때 거문고를 연주하던 우아한 부인의 모습이야말로 내 기억 속에 있는 어머니의 유일한 모습인 듯한 느낌마저 들지만, 과연 그것이 어머니였는지 아닌지는 분명하지 않아. 나중에 할머니의 이야기에 따르면 그 여인은 어쩌면 할머니였을지도 몰

70　일본 거문고 연주곡인 쟁곡(箏曲)의 양대 유파 중 하나로 17세기 말 창시되어 오사카 지역에서 유행.

71　샤미센 음악의 일종으로 교토와 오사카 지역에서 생겼으며, 그 지역의 노래라는 뜻.

72　거문고 연주와 지우타를 계승한 맹인 예능인을 가리킴.

73　16세기 이후 유행한 일본 전통 현악기의 하나로 개나 고양이 가죽을 동체에 바르고 세 현을 퉁겨 연주함.

라. 어머니는 그보다 예전에 돌아가셨을 거라고 하니까. 하지만 나는 여전히 그때 그 겐교와 부인이 연주하던 것이 이쿠타류의 「곤카이(狐噲)」[74]라는 곡이었다는 점을 이상하게도 기억하고 있어. 생각해 보면 우리 집에서는 할머니를 비롯해 누나와 여동생 모두가 그 겐교의 제자였고, 그 후에도 때때로 「곤카이」를 거듭거듭 들었던 적이 있으니 내내 인상이 새로웠던 거겠지. 그런데 그 곡의 가사가 말일세. ─

애처롭구나 어머니는 꽃 같은 모습으로 바뀌시어 (합)[75] 시들어 가는 이슬이 진 마루 안쪽 (합) 지혜의 거울도 흐려지누나, 스님을 뵈오시며 (합) 어머니도 부르시니 뒤를 돌아다보며 (합) 잘 가라고는 말 않는 (합) 만큼 우는 것 외에 (합) 도리가 없는, 들 건너고 산 넘어 마을을 지나 (합) 오는 것은 누구 때문인가 (합) 어떤 까닭인가 (합) 누구 때문에 오나 (합) 오는 것은 누구 때문인가 어떤 까닭인가 (합) 그대는 돌아오려나 원망스러운지 아닌지 (합) 내가 사는 숲으로 돌아가리 나 생각하는 나 생각하는 마음속은 흰 국화 바위틈에 숨고 담쟁이 속에 숨고, 조릿대 자란 좁은 길 헤치고 가니 벌레들 소리가 정취 있구나 (합) 내리기 시작한 아아 내리기 시작한 오늘 아침도 (합) 오늘 아침도 (합) 하지만 흔적은 없구나 (합) 서쪽은 논두렁 위험하니, 골짜기 봉우리 휘이휘이 넘어가, 저 선을 넘고 이 산을 넘어 애태워 연모하는 덧없는 마음.

---

74 어머니의 병을 고치기 위해 불러들인 승려가, 알고 보니 어머니를 연모하여
    인간으로 둔갑한 여우여서 이를 내쫓는다는 내용으로 작사·작곡된 곡.
75 合: 곡 중에 샤미센에 의한 간주만 연주된다는 표시.

— 나는 지금까지도 이 곡절과 합을 맞추는 손까지 모조리 외우고 있는데, 그 겐교와 부인이 있던 자리에서 이 곡을 분명히 들은 기억이 있다는 것은 어쩌면 이 구절 속에 철없는 어린 동심을 감동시키는 무언가가 있었던 게 틀림없는 것 같아.

원래 지우타의 문구에는 앞뒤가 맞지 않는 부분이나 어법이 엉터리인 곳이 많고 더구나 의미를 일부러 난해하게 만들었나 싶은 부분이 많지. 게다가 요쿄쿠나 조루리의 고사(故事)를 답습하는 것은 그 출처를 모르고서는 더욱 해석하기 어려울 테니 「곤카이」라는 곡도 원래 따로 기초한 바가 있을 거야. 하지만 '애처롭구나 어머니는 꽃 같은 모습으로 바뀌시어'라든가 '어머니도 부르시니 뒤를 돌아다보며 잘 가라고는 말 않는'이라든가 도망치는 어머니를 연모하는 소년의 슬픔이 배어 있는 점이 당시 어린 나에게도 뭔지 모르게 느껴졌던 것 같아. 게다가 '들 건너고 산 넘어 마을을 지나'라는 가사에는 어딘가 자장가와 비슷한 가락도 있어. 그리고 어떤 연상 작용인지는 모르겠지만 「곤카이」라는 글자나 뜻도 알 리가 없는데 그다음 몇 번인가 그 곡을 들을수록 그것이 여우와 관계돼 있을 것 같다는 점을 어렴풋하게나마 깨닫게 되었어.

그것은 아마 할머니가 나를 종종 분라쿠(文樂) 극단[76]이나 호리에(堀江) 극단[77]의 인형극을 보러 데려가 주셨기

---

76 1800년을 전후하여 시작된 인형극 조루리를 상연한 극단으로 인형극 조루리의 대명사가 됨.

77 1766년에 오사카에서 창단하여 메이지 시대에 인형 조루리 극단으로 흥행하다가 1914년에 폐단.

때문에 그때 본 「칡 잎 자식과의 이별(葛の葉の子別れ)」[78] 장면이 머리에 콕 박힌 탓이겠지. 그 엄마 여우가 가을 저녁 무렵에 장지문 안에서 베를 짜며 두르르 척, 두르르 척, 내는 베틀 바디 소리. 그리고 잠든 자기 자식에게 이별을 아쉬워하며 '보고 싶으면 찾아오거라, 이즈미(和泉)라는 곳 —' 이라며 장지문에 적은 노래. — 그런 장면이 어머니를 기억하지 못하는 소년의 가슴에 호소하는 힘은 그 처지에 놓인 사람이 아니면 아마 상상도 못 할 거야. 나는 어렸지만 '내가 사는 숲으로 돌아가리'라는 구절, '나 생각하는 나 생각하는 마음속은 흰 국화 바위틈에 숨고 담쟁이 속에 숨고, 조릿대 자란 좁은 길 헤치고 가니'라는 노래 마디 속에 알록달록한 가을의 오솔길을, 숲속 오래된 보금자리로 달려가는 한 마리 흰 여우의 뒷모습을 알아보고 그 뒤를 그리며 따라 달려가는 아이의 신세를 나에게 이입해서 그저 그리운 어머니 생각에 괴로워했던 것 같아.

그러고 보니 시노다의 숲은 오사카 근처에 있는 탓인지 예전부터 칡 잎을 노래한 동요가 집안에서 하는 놀이와 결부되어 몇 종류 불렸는데, 나도 두 곡 정도 기억하고 있어. 그중에 하나는

낡아 보자, 낡아 보자
시노다의 숲속

---

78 1734년에 초연된 조루리 「아시야도만오우치카가미(芦屋道満大内鑑)」 중 네 번째 단(段)의 제목인데, 이 조루리 자체는 『칡 잎(葛の葉)』으로 통칭됨.

여우 덮밥 낚아 보자

라고 노래하면서 한 사람이 여우가 되고 두 사람이 사냥꾼이 되어 원을 만들고 끈 양쪽을 잡아서 노는 여우 잡기 놀이지. 도쿄에도 이와 비슷한 놀이가 있다고 들어서 내가 예전에 어떤 요정에서 게이샤에게 해 보라고 한 적이 있는데, 노래 구절이나 곡절도 오사카의 것과는 좀 달라. 게다가 놀이하는 사람도 도쿄에서는 앉은 채로 하지만 오사카에선 보통 서서 하니까 여우가 된 사람은 노래를 따라 까부는 여우 몸짓을 하면서 점점 원 쪽으로 다가오는데 — 마침 여우 역할이 예쁜 마을 아가씨나 젊은 새댁이거나 하면 특히 더 귀엽지. 어릴 적 정월 밤 같은 때에 친척 집에 불려 가서 그런 놀이를 했을 때 어떤 순진한 젊은 아녀자가 있었는데, 그 여우 몸짓을 뛰어나게 잘하는 아름다운 사람이었지. 나는 아직도 잊지 못할 정도야. 또 하나의 놀이로는 많은 사람들이 손을 서로 잡고 둥글게 앉아서 그 원 한가운데에 술래를 앉히지. 그리고 콩처럼 작은 것을 술래에게 보이지 않도록 손안에 감추고 노래를 부르며 순서대로 다음 사람에게 넘기다가 노래가 끝나면 모두 가만히 움직이지 않고 있는데, 누구 손에 그 콩이 있는지 술래가 맞히는 거거든. 그 노래 가사는 이렇지.

보리를 따고
쑥을 따고
손에 콩이 아홉 개
아홉 개의, 콩의 수보다

부모님 계신 곳이 그립고

그립다면

찾아와 봐라

시노다 숲속의 칡 잎

나는 이 노래에 흐릿하지만 어릴 적 향수가 있는 것을 느껴. 오사카 도시 사람들에게는 고치(河內), 이즈미(和泉)나 그 근처 시골에서 매년 일하러 올라오는 수습생이나 하녀들이 많은데, 겨울의 추운 밤에 바깥 문을 잠그고 그런 일꾼들이 가족들과 난로를 둥글게 둘러싸고 앉아 이 노래를 부르며 노는 정경은 센바(船場)나 시마노우치 근처에 가게를 가진 상가들에서 종종 볼 수 있었어. 생각해 보면, 고향 산천초목을 떠나 장사하는 방법이나 기술을 배우러 와 있는 젊은 소년들은 '부모 있는 곳이 그리워서'라며 아무렇지 않게 흥얼거리면서도 그 와중에 띠로 지붕을 이은 집의 가재도구를 둔 어두침침한 방에 누워 계신 부모의 모습을 그리워했을 거야. 나는 나중에 「주신구라(忠臣藏)」[79]의 여섯 번째 단에서 삿갓을 깊이 눌러쓴 두 사무라이가 찾아오는 장면에서, 이 노래가 반주자들 자리에서 쓰이는 것을 의도치 않게 들었는데, 요이치베(与市兵衛), 오카야(おかや), 오카루(お輕) 등의 처지[80]와 너무도 잘 들어맞는 데에 감동했어.

---

79 인형극 조루리와 가부키로 상연된 에도 시대 최고의 흥행작 「가나데혼 주신
    구라(仮名手本忠臣藏)」를 일컬음. 세 작가의 합작으로 탄생한 마흔일곱 사무
    라이들의 복수극인데, 1748년 초연.
80 사윗감 간페이를 숨겨 주고 딸 오카루까지 유곽에 팔아 복수할 자금을 마련

당시 시마노우치의 우리 집에도 일꾼들이 많이 있었기 때문에 나는 그들이 그 노래를 부르며 노는 모습을 보면서 동정도 하고, 또 부럽기도 했지. 부모님 슬하를 떠나 다른 사람 집에 들어와 사는 것은 가엾지만, 일꾼들은 언제라도 고향에 돌아가기만 하면 만날 수 있는 부모가 있는데, 나에게는 그런 부모가 없잖아. 그런 점에서 나는 시노다의 숲에 가면 어머니를 만날 수 있을 것 같은 느낌이 들어서, 아마 심상소학교 2, 3학년 때쯤이었나? 집에는 몰래 비밀로 하고 동급생 친구들을 불러서 거기까지 나간 적도 있어. 그 근처는 지금도 남해 전차를 내려서 반 리 정도 걸어야 하는 불편한 곳인데, 그때에도 도중까지 기차가 있었는지 없었는지, 어쨌든 대부분 덜컹대는 마차를 타고 상당히 들어간 걸로 기억해. 가 보니 큰 녹나무들이 있는 숲속에 칡 잎 이나리(稲荷) 사당[81]이 있고, 칡 잎 아가씨의 모습이 보인다는 우물이 있었지. 나는 에마(繪馬)[82] 건물에 걸린 자식과의 이별 장면을 담은 판자 그림이나 자쿠에몬(雀右衛門)[83]인가 누군가의 초상화 액자를 보기도 하며 겨우 위로받고 숲을 나왔지만 집에 돌아가는 길에 곳곳의 농가 장지문 그늘에서 드르륵 탁, 드르륵 탁, 하는 베 짜는 소리가 흘러나온 것을 지

해 주던 요이치베는 악한에 의해 살해되는데 간페이가 죽인 것으로 잘못 알려진다. 삿갓 쓴 두 사무라이들이 간페이를 추궁하여 애인 오카루와 장모 오카야 앞에서 간페이는 할복하고, 우여곡절 끝에 오해가 풀리는 장면.

81 이나리는 곡식을 관장하는 신으로, 여우가 이 신의 사자(使者)로 여겨짐.

82 소원을 빌거나 소원이 이루어진 데 대한 답례로 말 대신 바치는 말 그림의 액자.

83 유명한 가부키 배우 나카무라 자쿠에몬(中村雀右衛門)을 말함.

금도 더없이 그립게 생각해. 아마 그 무렵에는 고치(河內)가 목면 산지였으니 베 짜는 집이 많았겠지. 아무튼 그 소리가 얼마나 내 동경심을 충족시켜 주었는지 몰라.

하지만 내가 기이하게 생각한 것은 그런 식으로 항상 연모하던 쪽이 주로 어머니고, 아버지에 대해서는 그 정도 까지는 아니었다는 점이지. 그런데 아버지는 어머니보다 이전에 돌아가셨으니 어머니 모습은 조금이라도 기억에 남았을 가능성이 있어도 아버지는 전혀 없었으니까. 그런 점에서 보면 내가 어머니를 그리는 마음은 그저 막연한 '미지의 여성'에 대한 동경 ── 그러니까 소년 시절의 연애의 싹과 관계가 있지 않을까? 왜냐하면 내 경우 과거에 어머니였던 사람도, 장래 아내가 될 사람도 모두 똑같이 '미지의 여성'이고 눈에 보이지 않는 인연의 끈으로 그들과 내가 이어져 있다는 점에서 양쪽 다 똑같으니까. 이런 심리는 설령 나 같은 처지가 아니더라도 누구에게나 어느 정도는 잠재되어 있겠지. 그 증거로 「곤카이」노래 구절 같은 것도 들 수 있는데, 자식이 어머니를 그리는 듯도 하지만 '오는 것은 누구 때문인가 어떤 까닭인가'라고 하거나 '그대는 돌아오려나 원망스러운지 아닌지'라고 하며 서로 사랑하는 남녀가 이별의 슬픔을 노래한 듯도 해. 어쩌면 이 노래의 작자는 양쪽 의미를 다 취할 수 있도록 일부러 가사를 애매하게 흐린 게 아닐까? 어쨌든 나는 처음 그 노래를 들었을 때부터 환영 속에 어머니만을 그렸다고는 말하지 못하겠더군. 그 환영은 어머니임과 동시에 아내였다고 생각해. 그러니까 내 어린 마음속에 있는 어머니 모습은 나이 든 부인이 아니라

영원히 젊고 아름다운 여인이지. 그 말을 모는 산키치(三吉) 연극[84]에 나오는 유모 시게노이(重の井) ─ 멋진 예복 덧옷을 입고 다이묘의 공주를 모시는 화려한 귀부인 ─ 내가 꿈에서 보는 어머니는 그 산키치의 어머니 같은 사람으로, 꿈속에서 나는 종종 산키치가 되곤 해.

도쿠가와 시절, 극 대본을 쓰던 작자는 의외로 약삭빠르게 머리를 굴려서 관객의 의식 속에 잠재된 미묘한 심리에 아부하는 짓을 잘했을지도 모르지. 산키치의 연극 같은 것도 한쪽을 귀족의 딸로 하고 한쪽을 마부의 아들로 해서, 그 사이에 유모나 어머니 같은 지체 높은 부인을 배치한 부분은 표면적으로야 부모와 자식 간의 정을 다룬 것이 틀림없지만, 그 아래엔 담담한 소년의 사랑이 암시되어 있기도 하거든. 적어도 산키치 쪽에서 보면 엄격한 다이묘의 안채에 사는 공주와 어머니는 똑같이 사모의 대상이 될 수 있지. 그것이 「칡 잎 자식과의 이별」 연극에서는 아버지와 아들이 한마음으로 어머니 한 사람을 연모하는 것인데, 이 경우 어머니가 여우라는 설정은 보는 사람으로 하여금 공상을 한층 느슨하게 만들어. 나는 항상, 만약 그 연극처럼 내 어머니가 여우였더라면, 하고 생각하며 얼마나 아베(安部) 동자[85]

---

84 1751년 초연된 조루리 「고이뇨보소메와케타즈나(戀女房染分手綱)」를 말함. 여기서는 밀통으로 임신하여 양갓집 아가씨의 유모가 된 시게노이가 말몰이꾼 소년 산키치를 보고 자기 자식임을 알아채지만 처지와 신분, 체면 때문에 쫓아내는 장면.

85 헤이안 시대 초기 최고의 음양사(陰陽師) 아베노 세이메이(安部淸明, 921~1005)는 그 어머니가 여우라는 전설로 유명함.

를 부러워했는지 몰라. 왜냐하면 어머니가 사람이라면 이미 이 세상에서 만날 희망이 없지만, 여우가 인간으로 둔갑한 것이라면 언젠가 다시 어머니 모습을 빌려 나타나지 않으리라는 법도 없으니까 말이야. 어머니가 없는 아이는 그 연극을 보면 틀림없이 누구라도 그런 느낌을 품을 거야. 하지만 『천 그루 벚나무』의 여로(旅路) 장면에서는 어머니 ― 여우 ― 미녀 ― 연인 ― 으로 엮이는 연상 작용이 더 밀접하지. 여기에서는 부모도 여우, 자식도 여우고, 더구나 시즈카와 다다노부 여우는 주종 관계의 태도를 취하기는 하지만 역시 겉보기엔 애인끼리 동행하는 것처럼 비치게끔 궁리되어 있어. 그 때문인지 나는 무엇보다 이 무용극을 보는 걸 좋아했지. 그리고 나를 다다노부 여우라 생각하고 부모 여우의 가죽이 사용된 북소리에 이끌려 요시노 산의 꽃구름을 가르며 시즈카 고젠의 흔적을 연모해 따라가는 신세라 상상했어. 나는 하다못해 춤이라도 배워 발표회 무대 위에서라도 다다노부가 되고 싶다고까지 생각했을 정도였지.

　　"하지만 그것만이 아니었어."

라며 쓰무라는 그때까지 이야기해 온, 이제 저물기 시작한 햇빛이 드리운 건너편 기슭의 나쓰미 마을의 숲 그림자를 쳐다보면서,

　　"나는 이번에 정말로 하쓰네의 북소리에 이끌려 이 요시노까지 온 것이나 마찬가지라네."

라고 말하더니 그 도련님 같고 사람 좋아 보이는 눈가에 무언가 나로서는 의미를 알 수 없는 미소를 떠올렸다.

다섯. 구즈

그럼 이제부터는 내가 간접적으로 쓰무라의 이야기를 잇기로 한다.

그러한 연유로 쓰무라가 요시노라는 토지에 특별한 그리움을 느끼는 이유 중 하나는 『천 그루 벚나무』 연극의 영향에 의한 것이고, 또 하나는 어머니가 야마토 지역 사람이라는 얘기를 진작부터 들었기 때문이었다. 하지만 야마토의 어디에서 시집을 온 것인지, 그 친정은 현존하는지 등에 관한 내용은 오랫동안 수수께끼에 싸여 있었다. 쓰무라는 가능하면 할머니 생전에 어머니의 과거를 조사해 두고자 하여 온갖 질문을 했지만, 할머니는 어지간한 것은 잊어버렸다고 하며 신통한 대답을 들려주지 않았다. 여러 친척들과 백부, 백모 등에게 물어보아도 어머니 친정에 관해서는 이상하게도 아는 사람이 없었다. 원래 쓰무라 가문은 오래된 가문이라 당연히 두세 세대 전부터 연고가 있는 사람들만 출입을 하는데, 어머니는 사실 야마토에서 곧바로 아버지에게 시집을 온 것이 아니라 어릴 적 오사카의 유곽에 팔렸다가 거기에서 일단 괜찮은 사람의 양녀로 들어간 다음 혼례를 올린 모양이었다.

호적에 기재된 바로는 분큐(文久) 3년(1863년)에 태어나 메이지 10년(1877년) 열다섯 살이 되어, 이마하시(今橋) 산초메(三丁目) 우라카도 기주로(浦門喜十郞) 집에서 쓰무라 가문으로 시집와 메이지 24년(1891년)에 스물아홉 나이로 사망했다. 중학교를 졸업할 무렵의 쓰무라는 어머니에 관해서 겨우 이 정도밖에 몰랐다. 나중에 생각하니 할머니나 나이 든 친척들이 이야기를 별로 해 주지 않은 것은, 어머니의 과거 경력과 출신이 그랬던 만큼 이야기하는 걸 탐탁해하지 않기 때문이었으리라. 하지만 쓰무라에게 자기 어머니가 화류계 항간에서 나고 자란 사람이라는 사실은 그저 그리움을 배가시키는 요소일 뿐, 특별히 불명예스럽거나 불유쾌한 부분은 아니었다. 하물며 결혼한 때가 열다섯 나이라 한다면 아무리 조혼을 하던 시대라고 해도 이는 어쩌면 어머니는 그러한 사교계의 더러움에 거의 물들지 않고, 아직 순진한 아가씨다움을 잃지 않았을 것만 같았다. 그러니 아이를 셋이나 낳았던 것이다. 그리고 앳된 소녀 같은 새댁은 시댁으로 들어와 오래된 가문의 며느리에 적합한 여러 몸가짐 교육을 받았을 터다. 쓰무라는 어머니가 예전 열일곱여덟 살 때 손으로 베껴 썼다는 거문고 노래의 연습책을 본 적이 있는데, 그것은 얇고 흰 반지(半紙)를 두 번 접어 가로로 노랫말을 적고, 행간에 거문고의 악보를 붉은색으로 정성껏 써넣은 아름다운 서예 필적이었다.

그 후 쓰무라는 도쿄로 유학 나왔으므로 자연히 집과는 멀어졌지만, 그동안에도 어머니 고향을 알고 싶은 마음은 도리어 더 커지기만 했다. 있는 그대로 말하자면 그의 청춘 시절은 어머니에 대한 사모의 마음으로 지냈다 해도 좋을 정도다. 스쳐 지나듯 만나는 동네 여자, 규수들, 게이샤, 여배우 — 등에 옅은 호기심을 품은 적이 없지는 않지만, 언제라도 그의 눈에 머무르는 상대는 사진에서 본 어머니의 모습과 어딘가 닮은 얼굴의 여인이었다. 그가 학교생활을 내던지고 오사카로 돌아간 것도 어쩌면 할머니 뜻에 따르려던 게 아니라 그 스스로 동경을 품은 땅에 — 어머니의 고향에 조금이라도 가까운 곳, 그리고 그녀가 짧은 생애의 절반을 보낸 시마노우치의 집에 — 이끌렸기 때문이리라. 거기에 뭐니 뭐니 해도 어머니는 야마토 여자라 도쿄에서는 그녀와 비슷한 여인을 만날 기회가 드물었지만, 오사카에 있으면 때때로 그런 사람과 마주할 수 있다. 어머니가 나고 자란 곳은 그저 화류계라고만 할 뿐 어느 지역인지도 모르는 것이 한스럽기는 했지만, 그래도 그는 어머니의 환영과 만나기 위해 화류계 여자들에게 접근했고 그 바람에 술집에서 파는 술들과도 친해졌다. 그러다 보니 여기저기에 혼자 열 올리는 여자들을 만들게 됐다. '논다'는 평판도 얻었다. 하지만 원래 어머니를 그리워하는 데에서 일어난 일에 불과하니 전혀 깊은 관계를 맺은 적도 없이 오늘날까지 동정을 지켜 온 것이다.

이렇게 이삼 년 지내는 사이에 할머니가 돌아가셨다.

할머니가 돌아가신 후 어느 날의 일이다. 유품을 정리하려 생각하여 창고 안에 있던 큰 옷장의 서랍을 고치고 있자니 할머니의 필적인 듯한 문서들에 섞여 전혀 본 적이 없는 오래된 쪽지와 편지들이 나왔다. 그것은 어머니가 밖에서 일을 하던 시절에 아버지와 어머니 사이에 오간 연애편지, 야마토에 살던 친정어머니인 듯 추정되는 사람이 어머니에게 보낸 편지, 거문고, 샤미센, 꽃꽂이, 다도 등의 비결 전수를 허락한다는 종이 등이었다. 연애편지는 아버지가 보낸 것이 세 통, 어머니가 보낸 것이 두 통, 첫사랑에 취한 소년과 소녀의 앳되고 다정한 말들의 왕복에 불과하지만, 서로 남의 눈을 피해 주고받았던 정황도 보이고, 특히 어머니 쪽 편지에는

'……어리석은 마음에 생각하신 바를 돌아보지 못하고 글을 드리게 된 이쪽 마음을 조금은 헤아리시어……'라든가 '이렇게까지 말씀을 해 주시니 너무도 기쁘게 생각하고 여러 부끄러운 제 신상까지도 말씀드려……'라든가 운필법이야 조금 서툴지만 열다섯 소녀치고는 제법 어른스러운 어투여서, 그 무렵 남녀의 조숙함을 알 수 있었다. 다음으로 고향의 본가에서 보낸 편지는 한 통밖에 없었는데, 받는 사람은 '오사카 시 신마치(新町)[86] 구노기(九軒) 고나가와(粉川) 씨 댁 오스미 님'이라 되어 있고, 보낸 사람은 '야마토 국 요시노 군 구스무라 구보카이토(窪垣內) 곤부 스케자에몬(昆布助左衛門)'이라 되어 있으며 '이번에 너의 효심에 감탄하여 글을 써서 보내는바, 나날이 추워지지만 정말 변고 없이 지내 온 듯하여 그 이후 안심하고 지내며 아비, 어미도 진정으로, 진정으로 고맙게……'와 같이 시작해 주인 되는 사람을 부모처럼 여겨 극진히 대해야 한다는 것, 유예(遊芸)의 연습에 투신하라는 것, 남의 것을 욕심내서는 안 된다는 것, 신불(神仏)을 믿는 마음을 가질 것 등 훈계조의 내용이 여럿 적혀 있었다.

쓰무라는 광 안의 먼지투성이 바닥에 앉은 채로 어두침침하게 흘러든 빛을 통해 이 편지를 거듭 읽었다. 그리고 정신을 차렸을 때에는 어느샌가 해가 저물었으므로 이번에는 그것들을 서재로 가지고 나와 전등불 아래에서 펼쳤다. 옛날에, 어쩌면 삼사십 년도 전에 요시노 군 구즈무라의 농가

---

86 17세기 중엽부터 1956년에 폐지될 때까지 오사카에서 유곽 마을로 가장 유명했던 곳.

에서 초롱불 아래 웅크려 앉은 채 노안의 눈꺼풀을 비벼 가며 딸에게 보낼 글을 촘촘하게 써 내려갔을 외할머니의 모습이, 두 길도 넘는 긴 두루마리 종이 위에 떠올랐다. 편지의 말투나 철자에는 시골 노파가 쓴 듯한 안정되지 않은 부분도 군데군데 보였지만, 글자는 비교적 명필인 편으로 가문 특유의 흘림체로 쓰인 것이어서 아주 가난한 농민은 아닌 것으로 보였다. 하지만 생계에 곤란한 사정이 생겨 딸을 돈으로 바꾸게 된 것은 아닐까 추측할 따름이다. 다만 아쉽게도 12월 7일이라고만 쓰여 있고 연도는 기입되지 않았는데, 아마 이 편지는 딸을 오사카로 보내고 나서 처음으로 보낸 소식인 모양이었다. 그래도 여생이 그리 길지 않게 남은 것이 불안한 듯 곳곳에 '이것이 어미의 유언이란다.'라든가 '설령 내 목숨이 꺼지더라도 너에게 혼으로 붙어 출세하게 할 것이니'라는 등의 문구가 보이고, 이걸 해서는 안 된다, 저걸 해서는 안 된다는 둥 여러모로 지나치게 걱정하고 가르치는 내용이 많았다.

그중 특히 재미있던 것은, 종이를 소홀히 여기지 말라고 길게 훈계를 늘어놓고는 '이 종이도 내가 오리토와 뜬 종이란다. 반드시, 반드시 몸에 꼭 지니고 소중히 여기거라. 현실에서는 만사 사치스럽게 지내도 종이를 소홀히 해서는 안 된다. 왜냐하면 나와 오리토가 이 종이를 뜰 때 살갗이 트고 손가락 끝이 찢어질 듯 몹시도 고생을 했거든.'이라며 스무 줄 정도에 걸쳐 쓴 부분이다. 쓰무라는 이것을 통해 어머니 생가가 종이 뜨는 일을 업으로 했다는 것을 알 수 있었다. 그리고 어머니 가족 중에 언니인지 여동생인지로 보이는 '오리토'라는 여자가 있었다는 사실을 알 수 있었다. 또

한 그 밖에도 '오에이'라는 여자 이름도 보이는데 '오에이는 매일 눈이 쌓이는 산으로 칡을 캐러 간다. 봐서 번 돈을 모아 노잣돈이라도 되면 너를 보러 가려고 하니 기다리고 있거라.'라고 되어 있고, '자식 그리는/ 부모의 마음속은/ 암흑이라서/ 어두워진 고개 쪽/ 오사카 그립구나.'라고 마지막에 와카가 적혀 있었다.

이 와카 안에 있는 '어두워진 고개'라는 곳은 오사카에서 야마토로 넘어가는 길목에 있는데, 기차가 없던 시절에는 모두 그 고개를 넘어 다녔다. 고개 정상에 무슨 절이 있고 거기가 두견새 우는 명소였으므로 쓰무라도 중학교 시절에 한 번 간 적이 있었다. 분명히 유월 무렵의 어느 날 밤 아직 날이 밝기 전, 산에 올라 절에서 잠시 한숨 돌리고 새벽 4시인지 5시 정도였을까? 장지문 밖이 흐릿하게 밝기 시작하나 싶더니 어딘가 뒷산 쪽에서 갑자기 두견새가 한 번 울었다. 그러자 이어서 같은 새였는지 다른 두견새였는지 두 번, 세 번 — 결국에는 어렵사리 들었다고도 할 수 없을 만큼 계속 울어 댔다. 쓰무라는 이 와카를 읽고, 문득 그때엔 아무렇지도 않게 들었던 두견새 소리가 갑자기 견딜 수 없이 그립게 떠올랐다. 그리고 옛날 사람들이 그 새가 우는 소리를 고인의 혼에 빗대어 '촉혼(蜀魂)'이라고도 부르고 '불여귀(不如歸)'라고도 부른 것이 너무도 그럴듯한 비유인 양 느껴졌다.

하지만 외할머니의 편지에 관해서 쓰무라가 가장 의문스러운 인연을 느낀 부분은 달리 있었다. 그것은 바로 이 노파 — 그의 외할머니에 해당하는 사람이 글 속에서 여우에 관해 자주 언급한 점이었다. '……부디 이제부터는 사당의 곡식 신과 흰 여우인 묘부노신(命婦之進)을 매일 아침마다 배알해야 하고, 그렇게 하면 네가 아는 대로 아버지가 부르면 여우가 그렇게 곁에 오는 것도 모두 믿는 마음이 있던 까닭이니까……'라든가 '그런 이유로 이번 일도 완전히 흰 여우님 덕분이라 알게 되었다. 앞으로는 네가 있는 그 댁의 행운과 장수, 나쁜 병이 없기를 매일매일 기도하마. 아주 깊은 신심을 가져야 하며……'라든가, 그런 내용이 쓰인 것을 보니 할머니 부부는 어지간히 이나리 신앙에 집착했음을 알 수 있다. 생각해 보니 '사당의 곡식 신'이라는 것은 저택 안에 작은 사당이라도 지어서 신앙하도록 권하는 게 아니겠는가. 그리고 그 곡식의 신이 보낸 사자 '묘부노신'이라는 흰 여우도 어딘가 그 사당 근처에 살 곳을 마련한 것이 아니었을까? '네가 아는 대로 아버지가 부르면 여우가 그렇게 곁에 오는 것'이란 정말로 그 흰 여우가 외할아버지 목소리에 반응하여 구멍에서 모습을 드러내는 것인지, 아니면 외할머니나 외할아버지의 혼이 옮겨 탄 것인지 명확하지 않지만, 외할아버지라는 분은 여우를 자유자재로 불러낼 수 있었고, 또 여우는 이 노부부의 그늘막에 딱 달라붙어 일가의 운명을 지배했던 것으로 보였다.

　쓰무라는 '이 종이도 내가 오리토와 뜬 종이란다. 반드시, 반드시 몸에 꼭 지니고 소중히 여기거라.'라고 적힌 그 두루마리 종이를 정말 몸에 꼭 지니고 다녔다. 적어도 메이지 10년(1877년) 이전에 어머니가 오사카로 팔린 다음 얼마 되지 않아 보낸 글이라고 한다면 벌써 삼사십 년은 흘렀을 게 틀림없는 그 종이는, 멀리서 불이라도 쪼인 듯 거뭇한

색으로 바뀌어 있었는데, 종이의 질만큼은 요새 것보다도 결이 치밀하고 제대로 되어 있었다. 쓰무라는 그 안을 통과하는 가느다랗고 질긴 섬유질을 햇빛에 비추어 보고 '나와 오리토가 이 종이를 뜰 때 살갗이 트고 손가락 끝이 찢어질 듯 몹시도 고생을 했다.'라는 문구를 떠올리니, 노인의 피부와도 닮은 이 한 장의 얇은 종잇조각 안에 내 어머니를 낳은 사람의 피가 깃들어 있는 것처럼 느껴졌다. 어머니도 어쩌면 신마치의 저택에서 이 글을 받았을 때, 역시 자기가 지금 한 것처럼 이것을 몸에 꼭 품었으리라 생각하니 '옛날 그리운 사람 소매 향기가 나는' 그 편지들은 그에게 이중으로 궁금하면서도 귀한 유품이었다.

그 후 쓰무라가 이 편지들을 실마리로 삼아 어머니의 친정을 밝혀내기에 이른 과정에 대해서는 그렇게 구구절절 쓸 것까지는 없으리라. 어쨌든 그 당시부터 삼사십 년 전이라고 하면 마침 메이지 유신 전후의 변동을 겪은 때였으니, 어머니가 팔려 간 신마치 구노기의 고나가와라는 가문이나 시집가기 전에 한때 적을 올렸던 이마하시(今橋)의 우라카도라는 가문도 지금은 모두 쇠락해 버려 오간 데를 모르고, 전수받은 비결의 면허장에 서명한 다도, 꽃꽂이, 거문고, 샤미센 등을 가르치던 가문도 대부분 단절돼 버렸으므로, 결국 앞서 말한 편지를 유일한 실마리로 해서 야마토 지역의 요시노 군 구즈무라로 찾아가는 것이 지름길이며, 또 그 외에는 다른 방법도 없었다. 그래서 쓰무라는 자기 집 할머니가 돌아가신 해의 겨울, 백 일 동안의 법요를 마치고 친한 사람에게도 진짜 목적은 털어놓지 않은 채 홀로 표연히 여행을 나서듯 과감히 구즈 마을로 나섰다.

　오사카와 달리 시골엔 그렇게 심한 변천은 없었을 터다. 하물며 시골도 보통 시골이 아니라 산으로 막힌 산속의 요시노 군 벽지다 보니, 아무리 가난한 농가라도 고작 두세 세대를 거치는 사이에 형체마저 사라지는 일은 없다. 쓰무라는 기대감에 가슴을 두근대며 12월의 어느 맑게 갠 날 아침, 가미이치에서 인력거를 불러 오늘 우리가 걸어온 구즈로 이어진 이 길을 서둘렀다. 드디어 그리운 마을 인가가 보이기 시작하자 무엇보다 먼저 그의 눈을 끈 것은 여기저기 처마 아래에 널어 둔 종이였다. 마치 어촌에서 김을 말리는 듯한 모습으로 장방형 종이가 판자에 보기 좋게 나란히 늘어서 있었는데, 그 새하얀 색종이를 뿌린 듯한 것이 길 양쪽 그리고 언덕의 층층 위에 높거나 낮게, 추운 날 반짝반짝 빛을 반사하는 모습을 바라보니 그는 왠지 모르게 눈물이 솟았다. 여기가 내 선조들의 땅이다. 나는 지금 오랫동안 꿈에서 보던 어머니의 고향 땅을 밟았다. 이 유구한 산간 마을은 원래 어머니가 태어났던 그때에도 지금 눈앞에 있는 그대로 평화로운 경치를 펼쳐 보였을 것이다. 사십 년 전의 태양이나 바로 어제의 태양도 여기에서는 똑같이 뜨고 똑같이 졌으리라. 쓰무라는 '옛날'과 벽 하나를 사이에 둔 이웃으로 지내는 듯한 느낌이 들었다. 일순간 아주 잠깐 눈을 감았다가 다시 뜨면 어딘가 그 주변의 나무 울타리 안에서 어머니가 소녀들 무리에 섞여 놀고 있을지도 몰랐다.

　맨 처음 그의 예상으로는, '곤부'는 드문 성씨이므로 금방 알아낼 수 있으리라고 생각했는데, 구보카이토(窪垣內)

라는 동네로 가 보니 거기에는 '곤부'라는 성이 아주 많아서 목적으로 하는 집을 찾아내는 데에 진척이 없었다. 하는 수 없이 인력거꾼과 둘이서 곤부 성을 가진 집을 한 채 한 채 찾아다녔지만, '곤부 스케자에몬'이라는 이름의 사람은 옛날이면 몰라도 지금은 한 사람도 없다고 했다. 마침내 '그렇다면 그 집일지도 모르겠군.'이라며 어떤 막과자 가게 안에서 나온 나이 많아 보이는 노인이 툇마루 끝에 서서 손가락으로 가리켜 준 데는 길 왼편의 조금 높은 단 위에 보이는 한 채의 초가집이었다. 쓰무라는 인력거꾼을 막과자 가게 앞에서 기다리게 하고, 도로에서 길게 반 정 정도 들어간 완만하게 비탈진 언덕길을 초가집 쪽으로 올라갔다. 현저하게 추워진 아침이었지만 그곳은 뒤로 비스듬한 경사면을 지닌 산을 두르고, 바람이 닿지 않는 온화한 양지의 한 구역이었고, 서너 채의 집들이 모두 종이 뜨는 일을 했다. 언덕을 올라간 쓰무라는 그 언덕 위의 집들에서 젊은 여자들이 잠깐 일손을 쉬며 이 근처에서 본 적이 없는 도회풍의 청년 신사가 올라오는 모습을 신기한 듯 내려다보고 있음을 알아차렸다. 종이를 뜨는 일은 아가씨나 새댁들이 손수 하는 일이었던 듯, 마당 앞에서 일하는 사람들 대부분은 모두 수건을 각지게 머리에 쓰고 있었다. 쓰무라는 그 종이나 수건이 맑고 상쾌한 빛을 반사하는 곳을 가로질러 일러 준 집 가까이로 갔다. 표찰을 보니 '곤부 요시마쓰'라고 되어 있고, 스케자에몬이라는 이름은 적혀 있지 않았다. 본채 오른쪽에 헛간 같은 오두막이 있고, 판자가 깔린 그곳 위에 열일고여덟 정도 되는 소녀가 웅크리고 앉아서 쌀뜨물 같은 색을 띤 물속에 두 손을 담갔다가 나무들을 치며 가볍게 들어 올리고 있다. 틀 속의 허연 물이 찜통같이 만들어진 발(簾) 아래쪽으로 종이의 조직을 침전시키면, 소녀는 그것을 순서대로 판자가 깔린 데에 늘어놓고, 곧 다시 틀을 물속에 담근다. 밖을 향해 오두막의 판자문이 열려 있기에 쓰무라는 한 무더기 들국화가 마르기 시작한 울타리 밖을 서성이면서 들여다보는데 그때마다 두 장 세 장 종이를 떠 가는 소녀의 선명한 손짓이 보였다. 모습은 날렵해 보였지만 시골 아가씨답게 튼튼하고 단단하게 살이 오른 통뼈의 몸집 있는 소녀였다. 그 뺨은 건강하게 팽팽했고 젊음으로 반짝거렸지만, 그보다도 쓰무라는 흰 물에 담긴 그녀의 손가락에 마음을 빼앗겼다. 역시 이러니까 '손이 터서 손가락이 찢어질 듯'한 것도 당연하다. 하지만 추위에 시달려서 빨갛게 불어 아파 보이는 그 손가락에도 나날이 성장하는 나이 때의 발육의 힘을 억제할 수 없는 무언가가 어려 있어서 일종의 애처로운 아름다움이 느껴졌다.

그때 문득 주의를 돌리니 본채 왼쪽 구석에 곡식의 신을 모신 오래된 사당이 있는 것이 눈에 들어왔다. 쓰무라는 자기도 모르게 울타리 안으로 발길을 옮겼다. 그리고 아까부터 마당에서 종이를 말리던, 이 집의 주부로 보이는 스물네다섯 살 된 여자 앞으로 다가갔다.

여자는 쓰무라에게서 이리로 찾아온 경위를 들으면서도 그 이유가 너무도 갑작스러워 한동안 우물쭈물하는 모습이었는데, 증거로 편지를 내보이자 점차 이해가 되는 듯

"저는 잘 모르니까 나이 드신 분을 만나 보세요."
라며 본채 안에 있던 예순쯤 되어 보이는 노부인을 불렀다.

그분이 그 편지에 언급된 '오리토' —— 쓰무라 어머니의 언니에 해당하는 부인이었던 것이다.

이 노부인은 그가 열심히 쏟아 내는 질문 앞에 주저주저하면서 이미 사라져 가는 기억의 실타래를 더듬어 풀어내며 이가 빠진 입으로 조금씩 이야기했다. 그중에는 완전히 잊혀 답할 수 없는 것, 기억의 오류로 여겨지는 것, 사양을 하느라 말하지 않는 것, 전후가 모순된 것, 무언가 우물우물 말은 하는데 숨소리가 새서 알아듣기 어렵고 아무리 다시 물어봐도 요령부득인 것이 많아서, 반 이상은 이쪽에서 상상하여 보충할 수밖에 없었지만, 어쨌든 그런 식으로라도 알게 된 사항은 쓰무라가 지난 이십 년 동안 어머니에 관해 품어 온 의문을 풀기에 충분했다.

어머니가 오사카로 보내진 것은 분명 게이오(慶應) 무렵(1865~1868년)이었다고 노부인은 말했지만, 올해 예순일곱이 되는 노부인이 열네다섯이었고, 어머니가 스물한두 살 때였다고 하니, 메이지 이후였던 것은 말할 것도 없다. 그런 까닭에 어머니가 겨우 이삼 년, 길어야 사 년 정도 신마치에 나갔을 뿐이고 곧바로 쓰무라 가문으로 시집을 간 것이 된다.

오리토 이모의 말투에서 살피건대, 곤부 가문은 당시에 궁핍하긴 했지만 상당히 명예를 중시하는 유서 깊은 가문으로, 그런 곳으로 딸을 내보냈다는 사실을 가능한 한 숨겼을 것이다. 그래서 딸이 일하던 중엔 물론 훌륭한 가문의 며느리가 된 후에도, 한편으로는 딸의 수치, 또 한편으로는 자신들의 수치라고 여겨 별로 왕래를 하지 않았을 터다. 또한 그 무렵엔 실제로 유곽에 나가 일하게 되면, 가령 예기, 유녀,

찻집 종업원, 기타 어떤 일이었든 일단 팔려 나갔다는 증서에 도장을 찍은 이상 부모님의 집과 깨끗이 인연을 끊는 것이 관습이며, 그다음에는 이른바 딸이 '잡아먹히든 구워 먹히든 할 말 없는 일꾼'으로서 어떤 처분을 받더라도 친정은 그 일에 관여할 권리가 없기도 했다. 하지만 노부인의 어렴풋한 기억에 따르면 여동생이 쓰무라 가문으로 시집가고 나서 그녀의 어머니는 한 번인가 두 번 오사카로 만나러 갔던 적이 있는 듯한데, 지금은 대단한 집안의 아내가 되어 좋은 일만 있는 딸의 신상을 놀라워하며 이야기했던 적이 있었다는 것이다. 그리고 그녀에게도 꼭 오사카로 나오라는 전언을 들었지만, 그런 곳에 초라한 모습으로 찾아갈 수도 없고 여동생도 여태 고향을 찾은 적이 없었으므로 결국 그녀는 성인이 된 이후의 여동생에 관해 모르고 지내던 동안에, 이윽고 그 남편이 죽고 여동생도 죽고 친정 부모님도 세상을 떠나면서 그 후로는 아예 쓰무라 가문과의 교류가 끊겨 버렸다.

마침 노부인은 친여동생 ── 쓰무라의 어머니를 부르는 데에 '당신의 어머님'이라는 장황한 어휘를 사용했다. 그것은 쓰무라에 대한 예의이기도 했겠지만, 어떤 측면에서는 여동생의 이름을 잊은 것일지도 몰랐다. '오에이는 매일매일 눈이 내리는 산에 칡을 캐러 갑니다.'라고 했던 그 '오에이'라는 사람에 대해 물으니 그것이 맏딸이고, 둘째가 오리토, 막내딸이 쓰무라의 어머니 오스미였다. 하지만 저간의 사정으로 장녀인 오에이와 오리토의 남편도 타계하였고 이 집안은 아들인 요시마쓰 대에 이르렀으며, 앞서 마당에서 쓰무라를 응대하던 부인이 요시마쓰의 아내였다. 그런 연유로 오리토의 어머니가 살아생전엔 막내딸 오스미에 관한 서류나 편지 등을 조금은 가지고 있었을 텐데, 이미 삼대나 지난 오늘날에 이르러서는 이렇다 할 물품도 거의 남아 있지 않다. ― 라고 오리토 노부인은 말하고 나서 문득 무언가가 떠올랐는지 일어서서 불단 문을 열고 위패 옆에 장식된 한 장의 사진을 가지고 와서 보여 주었다. 그것은 쓰무라도 본 적이 있는, 어머니가 만년에 촬영한 손바닥만 한 크기의 흉상 사진으로, 그도 그 복사본 한 장을 자기 앨범에 가지고 있었다.

"맞다, 맞아. 당신 어머니 물건이……?"
라며 오리토 노부인은 그로부터 다시 무언가를 떠올린 듯한 모습으로 덧붙였다.

"그 사진 말고도 거문고가 한 대 있어요. 오사카로 간 딸의 유품이라며 어머니가 소중히 여겼는데, 오랫동안 꺼내 보지도 않은 거라 어떻게 되었을지……"

쓰무라는 2층 창고를 찾아보면 있을 거라는 그 거문고를 보려고 밭에 나가 있던 요시마쓰가 돌아오기를 기다렸다. 그리고 그 틈에 근처에서 점심을 먹고 와서 자기도 젊은 부부를 도와 먼지가 뒤덮이고 층층이 쌓인 짐을 밝은 툇마루로 끌어냈다.

어째서 이런 물건이 이 집에 전해진 것일까? ― 물건에다 덮어 둔 빛바랜 기름 바른 천을 걷자, 그 아래 모습을 드러낸 것은 오래되기는 했어도 훌륭한 마키에(蒔繪)[87]가 그려진 여섯 자짜리 거문고였다.

---

87   일본 특유의 공예로 금가루나 은가루로 칠기 표면에 무늬를 그린 것.

마키에 무늬는 등 쪽을 빼고 거의 모든 부분에 그려져 있었고, 양측의 '이소(磯)'[88]에는 스미요시(住吉) 신사의 경치를 그린 듯하였다. 또 한쪽에는 도리이(鳥居)[89]와 무지개 모양 다리가 솔숲 안에 배치되어 있으며, 다른 한쪽에는 높은 등롱과 땅 쪽으로 뻗은 소나무에 해변의 파도가 그려져 있다. '우미(海)'[90]에서 '용각(龍角)'[91], '사분육(四分六)'[92] 근처에는 무수한 물떼새가 날고 있고 '오기누노(荻布)'[93]가 있는 쪽, '가시와바(柏葉)'[94]의 아래에 오색구름과 천인(天人)의 모습이 보인다. 그리고 그러한 마키에나 물감의 색은 오동나무 바탕이 세월의 때를 타며 검어졌기 때문에 한층 품격 있는 빛을 머금은 듯 눈에 들어왔다. 쓰무라는 기름 바른 천의 먼지를 털고 다시 그 염색된 문양을 조사했다. 바탕은 씨실이 다분히 굵은 비단이고, 앞면 위쪽으론 붉은 배경에 하얗게 겹매화 무늬를 뽑아냈으며, 아래쪽에는 중국 미인이 높은 누각에 앉아 거문고를 연주하는 그림이 있다. 누각의 기둥 양쪽에 '이십오현탄월야(二十五絃彈月夜)', '불감청원검비

---

88 일본 거문고 좌우 측면의 수직인 부분.

89 일본의 신사 입구에 세우는 기둥으로 된 지붕이 없는 문.

90 일본 거문고 머리 부분의 말단.

91 일본 거문고 머리 부분과 끝부분에 호상(弧狀) 높이, 즉 1.8센티 정도의 굄목으로 여기에 현을 걺.

92 용각을 안정시키기 위한 부품으로 외측으로 육부, 내측으로 사부의 비율로 폭을 취하는 것.

93 일본 거문고 끝부분의 천을 바른 곳.

94 두께 3밀리미터 정도의 판자에 비슷한 두께의 벚나무판으로 뒷받침한 거문고 끝부분 장식. '떡갈나무 잎사귀 모양'이라는 의미.

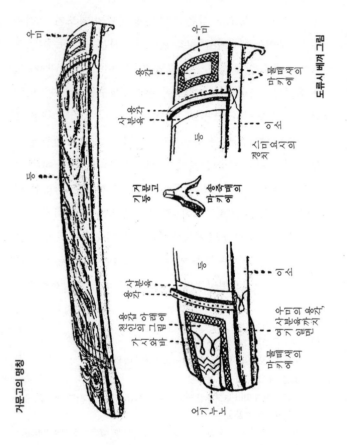

거문고의 명칭

도류사 베개 그림

아미

등

천안공의 아래 그림에

가시 회 바

아미

용줄

사 용 분 안

현

이소

정 시 미 요 지 회

기둥 고 등

송 중 배 회

마 류 키 베 회 회

등

사 용 분 안

용 안

이소

아 사 여 분 안 용,
여 기 분 안 용,
면 발 카 지 각,

마 류 키 베 회 회

어 기 누 노

래(不堪淸怨却飛來)'라는 한 쌍의 주련이 걸려 있다. 뒷면에
는 달 위로 기러기가 줄지어 나는 그림이 있고 그 옆으로 '구
름의 길에/ 비유하여 거문고/ 기러기발을/ 늘어선 기러기
라/ 생각하게 되누나?'라는 와카를 찾아 읽을 수 있었다.

그렇다면 겹매화는 쓰무라 가문의 문장이 아니니 오사
카의 양갓집인 우라카도 가문의 문양이거나 혹은 어쩌면 신
마치에서 일하던 가게의 문양이 아니었을까? 그리고 쓰무
라 가문으로 시집을 오면서 필요 없어진 유곽 시절의 기념
품을 고향으로 보낸 것은 아닐까? 아마도 그 시절 친정 쪽
에 적령기의 아가씨나 누군가가 있어서 그녀를 위해 시골
할머니가 받아 둔 것이라고도 생각할 수 있다. 어쩌면 그게
아니라 시집을 가고나서도 오랫동안 시마노우치 가문에 있
었는데, 그녀의 유언이나 그런 것에 따라 고향으로 보냈으
리라고도 상상할 수 있다. 하지만 오리토 이모와 젊은 부부
도 그간의 사정에 관해서는 전혀 아는 바가 없었다. 분명 편
지 같은 것이 함께 달려 있었을 테지만 지금은 그런 게 남아
있지 않고, 그저 '오사카로 가게 된 사람'으로부터 전해진
물건이라는 이야기를 들은 기억이 있다는 것뿐이었다.

특별히 부속품을 담아 둔 작은 오동나무 상자가 있었는
데, 그 안에는 기러기발과 가조각(假爪角)이 들어 있었다. 기
러기발은 거무스름한 떡갈나무 바탕으로, 거기에도 하나하
나 소나무, 대나무, 매화 마키에가 그려져 있다. 가조각 쪽은
상당히 많이 사용했던 듯 손때가 타 있었는데, 예전에 어머
니의 가느다란 손가락이 통겼을 그 가조각을, 쓰무라는 그리
움을 참지 못하고 자기 새끼손가락에 대 보았다. 어릴 적 안

69

쪽 방에서 기품 있는 부인과 겐교가 「곤카이」를 연주하던 그 장면이 일순간 그의 눈앞에 어른거렸다. 그 부인이 어머니가 아니고 그 거문고도 이 거문고가 아니었을지 몰라도 어쨌든 어머니도 이것을 연주하면서 몇 번인가는 그 노래를 불렀으리라. 만약 할 수 있다면 내가 이 악기를 수선해서 어머니 기일에 누군가 마땅한 사람에게 부탁해 「곤카이」 곡을 연주해 달라고 부탁하겠노라, 쓰무라는 그때부터 그렇게 생각했다.

마당에 있는 곡식의 신 사당에 관해서는 수호신으로서 대대로 제사해 온 것이므로 젊은 부부들도 그 편지에 있는 내용이 틀림없다고 확인해 주었다. 그러나 지금은 가족 안에 여우를 포함시키는 사람은 없다. 요시마쓰가 아이였을 때 외할아버지가 자주 그랬다는 소문은 들었지만 '흰 여우 묘부노신'이라는 것이 어느 때부턴가 모습을 드러내지 않게 되었고, 사당 뒤에 있는 모밀잣밤나무 그늘에 옛날 여우가 살던 구멍이 남아 있을 뿐이라, 그곳으로 안내를 받은 쓰무라는 지금은 구멍 입구에 쓸쓸히 금줄이 쳐져 있는 모습을 보았다.

── 이상의 이야기는 쓰무라의 할머니가 돌아가신 해의 일이므로 미야타키의 바위 위에서 그가 나에게 이야기했을 때로부터는 다시 이삼 년 전으로 거슬러 올라가는 일들이다. 그리고 그가 이때 나에게 보낸 편지에 '구즈의 친척'이라고 쓴 것은 이 오리토 할머니 집을 가리키는 것이었다. 뭐니 뭐니 해도 오리토 할머니는 쓰무라 입장에선 어머니의 언니인 이모이며, 그녀 집이 어머니 친정인 것은 틀림없는 일이었으니, 그는 그 후 다시 이 집과 친척으로서의 교제를 시작했다. 그뿐만 아니라 생계도 원조해 주고 이모를 위해

별채를 증축해 주거나 종이 뜨는 공장을 확장해 주기도 하였다. 그 덕분에 곤부 가문은 자그마한 수공업이기는 하지만 두드러지게 규모를 벌여 일을 할 수 있게 되었다.

여섯. 시오노하

"그래서 이번 여행 목적이 뭐야?"

둘이서 주위가 어둑해지는 것도 모르고 그 바위 위에서 쉬고 있다가, 쓰무라의 긴 이야기가 일단락될 즈음 내가 물었다.

"그 이모님께 무언가 볼일이라도 생긴 거야?"

"아니, 지금 이야기에는 아직 못다 한 부분이 있어."

눈 아래 바위에 부딪히는 빠른 물살의 흰 포말을 겨우 분간할 수 있을 정도의 황혼이기는 했지만, 나는 쓰무라가 그렇게 말하면서 어렴풋이 얼굴을 붉힌 것을 낌새로 슬쩍 알아차릴 수 있었다.

"그, 처음 이모 집 울타리 밖에 섰을 때에, 안에서 종이를 뜨던 열일고여덟 살 아가씨가 있었다고 했지?"

"응."

"그 아가씨가 사실은 또 한 사람의 이모 — 돌아가신 오에이 이모의 손녀였다네. 그 애가 마침 그때 곤부 가문으로 일을 도우러 와 있었어."

내 추측대로 쓰무라의 목소리는 점점 더 난처한 어조가 되었다.

"아까도 말한 것처럼 그 여자애는 숨길 수 없는 시골 아가씨로 결코 미인도, 아무것도 아니야. 그 추위 속에 그렇게 물일을 하니 손이고 발이고 다 트고 거칠어질 대로 거칠어졌지. 하지만 나는 처음부터 그 편지의 문구였던 '손이 트고 손가락이 찢어질 듯'이라는 — 거기에 암시를 받은 탓인지 맨 처음 물속에 잠긴 붉은 손을 척 보았을 때부터 묘하게 그 아가씨가 마음에 들었어. 게다가 그러고 보니 어딘가 얼굴이 사진에서 본 어머니 얼굴과 비슷하더라고. 자란 환경이 환경이다 보니 하녀 느낌이 나는 건 어쩔 수 없지만, 꾸미기에 따라서는 어머니랑 비슷할지도 몰라."

"그렇군, 그럼 그녀가 자네의 하쓰네 북인가?"

"아아, 그런 셈이지. — 자네 생각은 어떤가? 나는 그 아가씨를 아내로 맞고 싶은데……."

그 아가씨의 이름은 오와사였다. 오에이 이모의 딸 오모토가 이치타(市田) 아무개라는 가시와기 부근 농가로 시집을 가서 낳은 아이였다. 하지만 농가의 생활이 아무래도 생각 같지 않아서 심상소학교를 마치고 난 뒤 고조(五條) 마을로 일하러 나가기도 했다. 그것이 열일곱 살 때로 친정 쪽 일손이 부족하여 휴가를 받아 집으로 돌아와서 그 후로 쭉 농사를 도왔는데, 겨울이 되자 일이 없어지니 곤부 가문으로 종이 뜨는 일을 도우라고 보내졌다. 올해도 이제 곧 일하러 올 시기였지만 아마 앞으로는 오지 않게 될 터다. 그래서 쓰무라는 우선 오리토 이모와 요시마쓰 부부에게 의중을 털어놓고 그 결과에 따라 당장에 불러들여 결혼을 하든가 찾아가든가 하려고 생각 중이라 했다.

"그럼 잘된다면 나도 오와사 씨를 만날 수 있다는 거로군"

"음, 이번에 자네 보고 여행을 같이 가자고 한 것도, 그녀와 꼭 만나게 해서 자네가 관찰한 바를 듣고 싶어서야. 아무래도 처지가 서로 너무 다르기 때문에 그 아가씨를 맞이하더라도 과연 행복하게 살 수 있을지 그 점이 다소 불안해서 말이야. 나야 괜찮다는 자신감은 가지고 있지만."

어쨌든 나는 쓰무라를 재촉하여 그 바위 위에서 자리를 털고 일어났다. 그리고 미야타키에서 인력거를 고용하여 그날 밤 머무르기로 정한 구즈의 곤부 가문에 도착했을 때에는 완전히 밤이 되어 있었다. 내가 본 오리토 이모와 가족들의 인상, 주거의 모습, 종이 만드는 현장 등을 일일이 쓰자면 너무 길어지고 앞의 이야기와 중복되기도 하므로 여기에서는 생략하기로 한다.

다만 두세 가지 기억하는 바를 말하자면, 당시 그 근처엔 아직 전기가 들어오지 않아서 큰 난로를 둘러싸고 램프 아래 모여 가족들과 이야기를 나눈 것이 너무도 산골다웠다는 것. 난로는 떡갈나무, 상수리나무, 뽕나무 등으로 불을 땠고 그중 뽕나무가 불길을 가장 잘 유지하고 열도 온화하다고 하여 그 자른 나무 밑동을 엄청난 규모로 태웠는데 도저히 도시에서는 생각지도 못할 사치스러움에 놀란 것. 난로 위의 대들보나 지붕 아래가 타닥타닥 타오르는 불에 갓 칠한 콜타르처럼 새카맣게 반짝반짝 빛나던 것. 그리고 마지막으로 야식상에 오른 구마노 고등어라는 것이 너무도 맛있었던 것. 그것은 구마노 포구에서 잡힌 고등어를 조릿대 잎으로 꿰어서 산너머에서 팔려 오는 것인데, 도중에 대엿새나 일주일 정도 사이에 자연 풍화되어 마르고, 때로는 여우에게 고등어를 날치기당할 때도 있다는 이야기를 들은 것 ── 등이다.

이튿날 아침 쓰무라와 나는 의논을 해서 잠시 각자가 개별 행동을 하기로 했다. 쓰무라는 자신의 중대한 문제를 내걸고 이야기를 정리하여 그 여인을 아내로 맞이하겠노라고 곤부 가문 사람들을 설득한다. 나는 그사이에 여기 있으면 방해가 되니 예의 소설 자료를 얻기 위해 취재 방문을 하러 대엿새 예정으로 더 깊이 요시노 강 원류 지역을 찾아 들어간다. 첫날은 구즈를 출발하여 우노가와(東川) 마을에 고카메야마 천황의 황자 오구라미야(小倉宮)[95]의 무덤을 찾아가고, 고샤 고개를 넘어 가와카미노소로 들어가 가시와기에 도착하여 일박. 둘째 날은 오바가미네 고개를 넘어 기타야마의 가와이(河合)에서 일박. 셋째 날은 자천왕 어소 터인 고토치(小橡)의 류젠지(龍泉寺), 자천왕의 무덤 등을 찾아가 보고, 오다이가하라(大台ヶ原) 산에 올라 산속에서 일박. 넷째 날은 오색온천을 거쳐 산노코 협곡으로 들어가 만약 갈 수 있다면 하치만다이라, 가쿠시다이라까지도 다 보고 나무꾼 오두막에서라도 묵게 해 달라고 하든가, 시오노하까지 나와서 숙박한다. 다섯째 날은 시오노하에서 다시 가시와기로 돌아가 그날이나 다음 날 구즈로 돌아온다. ── 나는 곤부 가문 사람들에게 길을 물어서 대체로 이러한 일정을 세웠다. 그리고 쓰무라와 재회를 약속하고 그의 성공을 기원하며 출발했

95   오구라미야(小倉宮, ? ~1443): 고카메야마 천황의 손자.

는데, 쓰무라는 여차하면 자기도 가시와기에 있는 오와사 집까지 갈 수도 있을 테고, 그래서 내가 가시와기로 돌아온다면 만약을 위해 오와사의 집에 들러서 봐 달라고, 아주 가까운 곳이니까 그렇게 해 달라고 출발할 때 이야기했다.

나의 여행은 거의 일정대로 진척되었다. 듣자 하니 이 무렵에 그 오바가미네 고개의 험한 길에까지 승합자동차가 다니게 되었고, 기슈(紀州)의 기노모토(木の本)까지 걷지 않고 나갈 수 있다고 하므로, 내가 여행했을 때와는 정말 격세지감을 느낀다. 하지만 다행히 날씨가 도와주어 예상 이상으로 소설 재료를 얻을 수 있었기에 넷째 날까지는 여행길의 험난함이나 고생스러움도 '뭐 별거 아니네?'라는 마음으로 눌러 이겼지만, 정말 힘들었던 것은 그 산노코 계곡에 들어섰을 때였다. 무엇보다 그리로 들어가기 전부터 '저 계곡은 대단한 곳입니다?'라든가 '어이쿠, 산노코로 가시는 거라고요?'라든가 하는 말을 때때로 사람들에게 들었으므로 나도 미리 각오는 했다. 그래서 넷째 날에는 일정을 조금 변경하여 오색온천에서 숙박을 하고 안내자를 한 명 수배하여 이튿날 아침 일찍 출발했다.

길은 오다이가하라 산에서 발원하는 요시노 강물을 따라 내려가고, 그것이 또 한 줄기의 계류와 합세하는 니노마타(二の股)라는 곳에서 둘로 나뉘는데, 하나는 똑바로 시오노하, 또 하나는 오른쪽으로 구부러져 거기에서 점차 산노코 계곡으로 들어간다. 하지만 시오노하로 가는 원래의 길은 '길'임에는 틀림없지만, 오른쪽으로 굽어진 쪽은 빽빽하고 깊은 삼나무 숲 안으로 그 길과 사람의 발자국을 겨우 뒤

따를 수 있을 정도의 길만 나 있을 뿐이었다. 게다가 전날 밤 비가 내리는 바람에 니노마타 강의 수량이 갑자기 불어서 통나무 다리가 떨어지거나 망가지거나 해서 격류가 소용돌이 치는 바위 위를 뛰고 또 뛰며, 때로는 네 발로 기듯이 가지 않으면 건널 수가 없었다. 니노마타 강 안쪽에 '오쿠타마 강'이 있어서 그리로부터 지장(地藏) 강변을 건너가서 마지막으로 산노코 강에 도달하기까지 강과 강 사이의 길은 몇 길인지 알 수 없는 절벽이 깎아지른 측면을 누비고, 어떤 곳에서는 두 발을 같이 둘 수 없을 정도로 좁고, 어떤 곳에서는 길이 완전히 사라져 버려 건너편 절벽에서 이쪽 절벽으로 통나무를 놓고 건너거나 띳장을 댄 판자를 걸거나 해서 그 통나무나 판자를 공중에서 서로 이어 절벽 옆을 몇 굽이나 우회한다.

　이런 곳을 걷기란 산악가라면 식은 죽 먹기겠지만, 나는 원래 중학 시절부터 기계 체조 과목은 지독히도 못했고 철봉이나 평행봉, 목마 같은 종목 앞에서는 항상 울던 놈이다. 그 무렵엔 나이도 젊었고 지금만큼 살도 찌지 않았으니 평지를 가는 거라면 팔 리나 십 리는 너끈히 걸었겠지만, 이런 험한 곳은 팔다리를 다 사용해서 가야 하므로 다리가 강하냐 약하냐의 문제가 아니라 전신 운동을 잘 하느냐 못 하느냐가 중요하다. 필경 내 얼굴은 도중에 몇 번이나 새파랗게 질리거나 새빨갛게 상기되었을 것이다. 솔직히 만약 안내자가 같이 없었더라면 나는 진작 저 니노마타의 통나무 다리 근처에서 되돌아갔을지도 모른다. 안내자의 길안내가 서투른 점과 한 걸음 나아갔다 뒤로 물러나는 것도 앞으로 나서는 것만큼이나 똑같이 무서웠던 점 때문에 어쩔 수 없이 떨리는 다리를 옮긴 것이었다.

    그런 이유로 이 계곡의 가을 색은 멋진 풍경이었지만
발밑만을 쳐다보던 나는 이따금 눈앞에 날아드는 박새의 날
갯소리에도 놀랐을 정도이니, 부끄럽지만 그 풍경을 세세히
서술할 자격이 없다. 하지만 안내자 쪽은 과연 익숙한 사람
이라 살담배를 담뱃대 대신 동백나무 잎으로 싸서 입에 물
고 험준한 길을 편하게 넘으며, 저것은 무슨무슨 폭포, 저것
은 무슨무슨 바위라며 멀리 있는 계곡 아래를 가리키고 알
려 주었는데,

    "저것은 '여기 왔사옵니다'라는 바위입니다."
라며 어떤 곳에선가 그런 말을 했다. 그리고 또 조금 가다가

    "저것은 '베로베도'[96]라는 바위입니다."
라고 말했다. 나는 뭐가 '베로베도'고 뭐가 '여기 왔사옵니
다'라는 바위인지도 모르고 벌벌 떨며 계곡 아래를 내려다볼
뿐 분명하게 확인하지 못했지만, 안내자가 말하기로는 옛날
부터 왕이 살고 계시던 계곡엔 반드시 '여기 왔사옵니다'라
는 바위와 '베로베도'라는 바위가 있다, 그래서 사오 년 전에
도쿄에서 어떤 대단한 분이 ── 학자였는지 박사였는지 고위
공무원이었는지 어쨌든 대단한 분이 이 계곡을 보러 오셔서
역시 자기가 안내했을 때 그분이 "여기에 '여기 왔사옵니다'
라는 바위가 있나?" 하고 물어보시기에 "네, 있습니다."라고
말하고 그 바위를 가리키자, "그럼 '베로베도'라는 바위는 있
나?"라고 거듭 물으셔서 "네, 있습니다."라고 다시 그 바위

96   의미 불명.

를 보여 드리니 "과연 그렇군. 그렇다면 여기는 자천왕이 계셨던 곳이 틀림없어."라며 감탄하며 돌아가셨다. —— 라는 이야기를 했는데, 그 기묘한 바위 이름의 유래까지는 몰랐다.

안내자는 그 밖에도 여전히 여러 가지 구비 전설을 알고 있었다. 옛날 교토 쪽의 자객들이 이 지역으로 몰래 숨어들어 왔을 때 자천왕이 계시는 곳을 도저히 알 수가 없어서 산속 또 산속을 찾고 또 찾다가 어느 날 우연히 이 협곡으로 와서 문득 계곡물을 보니 상류에서 황금이 흘러내려 오는 것이었다. 그래서 그 황금의 흐름을 따라 거슬러 올라가 보니 놀랍게도 왕의 어전이 있었다는 이야기다. 왕이 기타야마의 어소에서 자리를 옮기시고 나서 매일 아침 얼굴을 씻으시며 어소 앞으로 흐르는 기타야마 강의 강변에 서시는 것이 일상이었는데, 항상 그림자 무사가 두 명 동반하여 누가 왕인지 알 수 없도록 했다. 자객이 우연히 그곳을 지나간 마을 노파에게 물으니 노파는 "저기 입에서 하얀 입김을 내뱉고 계시는 분이 왕이시오."라고 가르쳐 주었다. 그 덕에 자객은 습격하여 왕의 수급을 거둘 수 있었지만 노파의 자손들에게는 그 후 대대로 불구의 아이들이 태어났다는 이야기.

나는 오후 1시 무렵에 하치만다이라의 오두막에 도달하여 도시락 뚜껑을 열면서 그러한 전설들을 수첩에 적었다. 하치만다이라에서 가쿠시다이라까지는 왕복으로 약 삼리였는데, 이 길은 아침에 걸은 길보다 차라리 걷기에 나았다. 하지만 아무리 남조의 왕자가 남의 눈을 피해 계셨다고 해도 그 계곡 안은 너무도 불편하다. '도망쳐 와서/ 몸을 숨긴 깊은 산/ 자작나무의/ 문 달고 달과 마음/ 서로 맞추어 사네?'라는 기타야마미야가 지은 와카는 설마 그곳에서 읊은 것이라고는 생각할 수 없었다. 요컨대 산노코는 사실보다도 전설의 땅이 아닐까?

그날 나와 안내자는 하치만다이라의 남자산 쪽 집에서 머물기를 청하고 토끼고기를 대접받기도 했다. 그리고 그다음 날 다시 어제의 길을 니노마타까지 되돌아가 안내자와 헤어져 홀로 시오노하로 나온 나는 여기서부터 가시와기까지는 겨우 일 리 정도의 도정이라고 들었지만, 이곳 강자락에 온천이 솟는다고 하므로 그 온천물에 들어가러 강변으로 가 보았다. 니노마타 강을 합한 요시노 강이 다소 폭이 넓은 계류로 변한 곳에 흔들다리가 걸려 있고, 그것을 건너니 곧바로 다리 아래의 강변에 온천이 솟고 있었다. 하지만 시험 삼아 손을 넣어 보니 약간 햇볕을 받은 정도의 미지근한 온기밖에 느껴지지 않았고, 농가 아가씨들은 이 물로 무를 박박 씻고 있었다.

"여름이 아니면 이 온천에는 들어가지 않아요. 요즘에 몸을 담그는 물은, 그러니까 저쪽에 있는 욕조에 퍼 담아 따로 끓이는 거예요."
라고 여자들은 말하면서 강변에 버려진 철포 담긴 욕조를 가리켰다. 마침 내가 그 철포 욕조 쪽을 돌아보았을 때 흔들다리 위에서부터,

"이보게."
하고 부르는 자가 있었다. 보니 쓰무라가 아마 오와사 씨로 보이는 아가씨를 한 명 뒤에 데리고 이쪽으로 건너오는 것이었다. 두 사람의 무게로 다리가 약간 흔들리고 나막신 소

리가 또각또각 계곡에 울렸다.

　　내가 계획한 역사 소설은 재료가 너무 많아 처치 곤란한 형국이 되어 결국 쓰지 못하고 끝나 버렸지만, 이때 본 다리 위의 오와사 씨가 지금 쓰무라의 부인이 된 것은 말할 것도 없다. 그러니 결과적으로 이 여행은 나보다 쓰무라 입장에서 잘 풀린 일이었다.

장님 이야기

　제가 태어난 곳은 오미(近江) 지방 나가하마(長浜)로, 때는 덴분(天文) 21년(1552년) 임자년이니 올해 몇 살이 되었을까요? 맞습니다, 맞아요. 예순다섯, 아니 예순여섯이 되나요? 그렇습니다. 두 눈을 잃은 것은 네 살 때라고 합니다. 처음에는 사물의 형상 같은 것이 어렴풋이 보여서, 오미의 비와(琵琶) 호수 물빛이 맑은 날이면 눈동자에 밝게 비치던 것을 지금도 기억할 정도지요. 하지만 그다음 일 년도 지나지 않는 사이에 완전히 장님이 되어 영험하다는 신에게도 빌어 보았습니다만 아무런 효험이 없었습니다. 부모는 농사꾼이었는데 열 살 때 아버지를 여의고 열셋에 어머니를 또 여의고 말았습니다. 그 이후로는 사람들이 베푸는 인정에 매달려 지내며 다리나 허리를 주무르는 기술을 익혀 이럭저럭 세상살이를 해 왔습니다. 그러는 사이에 아마 열여덟인가 아홉 때였지요. 우연한 기회로 오다니(小谷)의 성으로 일거리를 가져다 주시는 분이 계셔서, 그분 주선으로 그 성에 들어가 살게 된 것입니다. 제가 말씀드릴 것까지도 없이 성의 영주는 잘 아시겠지만 오다니의 성이라고 하면 비젠(備前)의 수령이신 아사이 나가마사(淺井長政) 공의 성으로, 그분은 연세가 젊으신데도 정말 훌륭한 장군이셨습니다. 아버지 시모쓰케(下野)의 수령 히사마사(久政) 공께서도 아직 살아 계신 때여서 걸핏하면 부자 사이가 좋지 않다는 소문이 돌기도 했지만, 그것은 처음부터 히사마사 공이 잘못하신 거라며 가로(家老)들을 비롯해 수많은 모시는 사람들도 대개는 나가마사 님 쪽을 더 받들었던 것 같습니다.

아무튼 일의 발단이라면 나가마사 공이 열다섯이 되신 해인 에이로쿠(永祿) 2년(1559년) 정월이었는데, 성인식을 하시고 그때까지 쓰시던 신쿠로(新九郞)라는 이름을 버리고 이때부터 비젠의 수령 나가마사라 천명하셨고, 고난(江南)의 사사키 밧칸사이(佐々木拔關齋)의 노신 히라이(平井), 가가(加賀)의 수령 따님을 아내로 맞으셨습니다. 하지만 이 인연은 나가마사 공이 원하던 바가 아니었고, 아버지 히사마사 공께서 이른바 막무가내로 밀어붙인 일이었다고 할 수 있습니다. 히사마사 공의 생각으로는 고난과 고호쿠(江北)는 옛날부터 종종 전투를 벌여 왔고 지금은 진정 국면인 듯 보이기는 하지만 언제 다시 전투가 벌어지지 않으리라고 단언할 수 없으니, 화평의 징표로 고난 쪽과 혼인 관계를 맺으면 결국 그 지역이 곤란한 지경에 처할 염려는 없을 거라는 식의 말씀을 들으신 거겠지만, 나가마사 공 입장에서는 사사키 가신의 사위가 된다는 것을 도저히 기뻐할 수가 없었지요. 하지만 아버지 말씀이니 어쩔 수 없이 받아들이시고는 히라이 나리의 따님을 일단 아내로 맞기는 했지만, 그 후에 히사마사 공이 나가마사 님께 고난으로 가서 가가의 수령하고 장인과 사위로서, 즉 부자지간의 술잔이라도 기울이고 오라고 말씀하셨을 때,

"이건 너무나도 억울합니다. 아버님 명령을 거역하기 어려워 히라이 같은 자의 사위가 된 것만도 분한데, 이쪽에서 나서서 부자지간의 계약을 맺는다는 것은 가당치도 않습니다. 활과 말을 다루는 집에서 태어난 이상 치세와 난세의 경과를 살피고 천하에 깃발을 나부끼며 장래에 무가 가문의 동량이 되리라 다짐을 하는 것이 무사된 자의 숙원인 것을……."

이렇게 말씀하시고 히사마사 공에게는 아무런 의논도 없이 결국 아내를 친정으로 돌려보내고 말았습니다. 그것이 이를테면 너무 지나친 처사라 장인 되는 사람이 화를 내신 것이야 당연하기는 했지만,

"아직 열대여섯의 나이로 그런 큰 뜻을 품고 계시다니 여간 예사로운 분이 아니다."

"아사이 가문을 일으키신 선대의 스케마사(亮政) 공과 닮아서 천성적으로 호걸의 기상을 갖추고 계시다."

"이러한 주군을 받든다면 가문의 운은 만만대로 이어지리라."

"실로 장한 분이다."

라며 모시는 사람들도 모두 나가마사 도련님의 기량을 떠받드는 바람에 히사마사 공을 자진하여 모시려는 사람이 없어지니, 히사마사 공도 어쩔 도리 없이 가독(家督)으로서의 권

리와 의무를 나가마사 도련님에게 물려주시고, 자신은 아내인 이노쿠치(井の口) 마님을 데리고 지쿠부시마(竹生島)로 들어가 지내셨다고 합니다.

하지만 여기까지는 제가 일하러 성에 들어가기 전의 일이기도 했고, 제가 봉공을 하러 성으로 간 당시에는 부자 사이도 어느 정도 화목하셨으며 히사마사 공과 이노쿠치 마님도 지쿠부시마에서 돌아오시어 성에서 함께 살고 계셨습니다. 나가마사 공의 나이가 스물대여섯이었을까요? 이미 그때 두 번째 부인을 맞이하셨습니다만, 그 부인은 과분하게도 노부나가(信長) 공의 여동생 오이치(お市) 님이셨습니다. 이 인연은 노부나가 공이 미노(美濃) 지방에서 상경하셨을 적에, 지금 고슈(江州)에서 기량이 뛰어난 무장이라고 하면 나이는 젊어도 아사이 나가마사 수령을 능가하는 자는 없을 것이니 오로지 자기 편으로 만들고 싶다고 생각하시어,

"부디 내 측근이 되어 주지 않겠는가? 이를 받아들인다면 아사이와 오다 가문이 힘을 합해 간논지 성(觀音寺城)에서 농성(籠城) 중인 사사키 롯카쿠를 공격하여 무찌르고 상경한 다음, 장래에 천하의 큰일도 둘이서 해 나가세. 미노 지역도 원한다면 그대에게 주겠네. 또한 에치젠(越前)의 아사쿠라(朝倉)는 아사이 가문과 의리가 깊은 사이니 결코 마음대로 손을 대는 짓은 하지 않음세. 에치젠 지방은 그대의 지시대로 한다는 서약서를 써 두지."

라는 등 그야말로 정중하기 짝이 없는 말씀을 하셨으므로 이 정도의 의례라면 받아들이겠다고 하여 혼담이 성립된 것입니다. 이전에 사사키 가신의 딸을 아내로 맞아 밧칸사이

의 영향권에 놓이기를 한사코 거부하셨던 만큼, 당시 여러 지방을 휘어잡고 나는 새도 떨어뜨리던 노부나가 공으로부터 그렇게까지 기대를 받으시며 오다 가문의 사위가 되신 게지요. 무엇보다 무략이 탁월하신 까닭이기도 했지만 사람은 가능한 한 큰 희망을 갖기 마련입니다. 이혼하시기 전의 첫 부인은 일 년도 함께 사시지 않았으니 그분에 대해서는 아는 바가 없지만, 오이치 마님은 아직 시집을 가시기도 전부터 세상에 드문 미인으로 명성이 높았던 분입니다. 부부 사이도 지극히 돈독하시어 자제분들도 연년생으로 태어나셨으니 그때 벌써 아드님, 따님 고루 두세 명씩은 계셨던 것으로 압니다. 가장 위의 큰따님이 오차차(お茶々) 님으로 아직 티 없는 아이셨지만, 이분이 나중에 히데요시(秀吉) 다이코(太閤) 전하의 총애를 받게 되시어 황공하게도 우대신 히데요리(秀賴) 공의 어머님인 요도(淀) 마님이 되실 줄은 꿈에도 몰랐으니 정말 사람의 미래는 알 수 없는 것입니다. 오차차 님은 어린 시절부터 특출 나게 용모도 아름다우시고, 표정, 코의 모양, 눈매, 입매도 어머님과 꼭 닮았다는데, 그것은 장님인 저로서도 어렴풋하게나마 알 수 있을 정도였습니다.

　정말 저와 같은 미천한 것이 무슨 은혜로 그런 귀하신 분을 곁에서 모시게 된 것인지. 예, 예, 그렇습니다, 좀 전에 말씀드렸던 것을 잠깐 잊었습니다만 처음에 저는 가신들의 안마 치료를 했습니다. 그런데 성 안에서 심심할 때에는,

　"이봐, 이봐, 스님, 샤미센 좀 켜 봐요."

라며 여러분들에게 부탁을 받아 세간에서 유행하는 노래를 부른 적이 있어서 그런 소문이 마님께도 들어간 것이겠지

85

요. 노래를 잘하는 재미난 중이 있다고 하는데 한번 그자를 데려와 보라고 사람을 보내서서 그로부터 두세 번 마님 앞에 불려 간 것이 시작이었습니다. 예, 예, 아뇨. 그야 그 정도 규모가 되는 성이었으니 무사들 외에도 여러 사람들이 봉공을 하러 들어가 사루가쿠(猿樂)[97]를 하는 예능인 다유(太夫)[98]들도 불려 오시고 했으니 저 같은 것까지 윗분들 기분을 잘 맞출 기회야 없었습니다만, 그런 고귀한 분에게는 도리어 아랫사람이 부르는 유행가 같은 것이 낯설고 새롭게 들리셨겠지요. 게다가 그 무렵엔 아직 샤미센이 지금처럼 널리 퍼지지 않아서 호사가들만이 뚱가뚱가 연습을 할 정도였으므로, 그 드문 현악기 음색이 마음에 드셨었나 봅니다. 그렇습니다, 제가 이쪽 방면을 익힌 것은 특별히 정해진 스승이 있어서는 아니었습니다. 어찌 된 일인지 천성적으로 음곡을 듣는 것을 좋아해서 한번 들으면 그 곡절을 따로 배우지 않아도 곧바로 자연스럽게 노래하고 연주할 수 있었기 때문에, 샤미센 같은 것도 그저 이따금씩 스스로를 달래며 가지고 놀다가 어느새 몸에 익힌 재주가 된 것입니다. 하지만 처음부터 풋내기의 심심풀이여서 사람들에게 들려줄 정도의 재주는 아니었는데, 서툰 것이 오히려 애교로 보였는지 항상 칭찬을 해 주시고 마님 앞에 나서게 될 때마다 상당한 하사품을 내려 주셨습니다. 그때야 전국(戰國) 시대라고 해서 여기저기 전투가 끊일 새 없었습니다만, 전투가 벌어

97 가마쿠라 시대부터 골계적인 흉내나 연기의 전문가들이 창작한 가무 연예.
98 일본 전통극의 배우나 샤미센을 연주하며 악곡을 읊는 예능인.

지면 그만큼 신나는 일도 있었는데, 나리들이 멀리 출진을 나가시면 부인들은 아무 할 일이 없으니 울적함을 달래고자 툭하면 거문고를 타시고, 또 길게 농성이라도 할 때는 의기소침하면 안 된다고 하여 안팎으로 이따금씩 떠들썩한 연회를 열기도 했으니, 지금 사람들이 생각하는 만큼 무서운 일들만 있었던 것도 아니었습니다. 특히 마님은 거문고를 잘 켜시어 아주 무료할 때 열심히 연주하셨습니다만, 그런 때 문득 제가 샤미센을 들고 어떠한 곡이라도 그 자리에서 맞추어 연주하면 그게 몹시도 마음에 맞으셨던 듯,

　　"아주 잘하는 자로구나."

라고 말씀을 건네주신 것이 계기가 되어 그때부터 죽 마님을 모시게 되었습니다. 오차차 님도,

　　"스님, 스님"

하며 아직 서툰 발음으로 저를 부르시고 밤낮으로 놀이 상대로 삼아 주시며

　　"스님, 「표주박 노래」 불러 줘요."

라는 말씀을 자주 하셨습니다. 아, 그 「표주박 노래」라는 것은,

　　　그리워 다니는 집 처마 끝에

　　　표주박 같은 것 심어

　　　내버려 두고

　　　굴러다니며 울리지 않게 하오

　　　마음이 그에 따라 조마조마

　　　들킬까 두근대니

이렇게 부르는 노래입니다.

아 예쁘기도 한 뚜껑 달린 칠보 단지야말로
가와치 전투에서 돌아온 사내의 선물
영치기 영차
영치기 영차라
쇳물 붓는 거푸집 주둥이 깨졌네
조심해서 밟으시게
골풀무
영치기 영차
영치기 영차라

또 이외에도 여러 가지가 있었습니다만, 가락은 외워
도 노랫말을 잊어버려서, 아아, 벌써 나이를 이렇게 먹으니
정신이 없습니다.

그러는 사이에 노부나가 공과 나가마사 공의 사이가 틀
어지셔서 두 가문 사이에 전투가 시작된 것이, 그게 언제쯤
이었을까요? 아아, 아네가와(姉川)의 전투가 겐키(元龜) 원
년(1570년)이었지요. 그런 일은 나리처럼 책을 읽으시는 분
이 더 잘 알고 계시겠지요. 어쨌든 제가 일하러 나가고 얼마
되지 않은 무렵이었는데, 장인과 사위의 불화는 노부나가 공
이 나가마사 님께 미리 양해도 구하지 않고 에치젠의 아사쿠
라 님 영지에 손을 대신 일에서 시작되었습니다. 애초에 아
사이 가문은 첫 대로 거슬러 올라 스케마사 공 때에 아사쿠
라 님이 가세해 주시는 바람에 무운이 열렸고, 그 이후로도

아사쿠라 님에게 은의(恩義)를 입어 왔습니다. 그러니 오다 가문과 혼담을 맺을 때에도 에치젠 지역에는 손을 대지 않겠다고 노부나가 공께서도 굳은 약속을 하신 바 있었거늘,

"겨우 삼 년도 지나지 않아 곧바로 서약서를 휴지 조각으로 만들고 사돈 집안에 한마디 양해 인사도 없이 손에 넣어 버리다니 괘씸하다. 노부나가라는 자는 경박한 놈이로구나."

라며 은거하고 계시던 히사마사 님이 먼저 화를 내시며 나가마사 공이 계신 곳으로 납시었고, 가까이에서 모시는 자들은 물론 방계 무사들까지 모두 모아서,

"노부나가라는 놈은 당장에 에치젠을 집어삼키고 이 성으로 공격해 올 것이다. 에치젠 지역이 아직 단단할 때 아사쿠라와 한편이 되어 노부나가를 토벌해 버려야 한다."

라며 어마어마하게 험악한 표정이셨기에 나가마사 공과 가신들도 한동안 할 말이 없었습니다. 그야 약속을 헌신짝처럼 버린 것이니 노부나가 공도 잘못을 하셨지만, 아사쿠라 님도 두 가문이 약조를 맺었다는 점을 핑계 삼아서 오다 가문에 무례한 처사를 하시기는 했지요. 특히 노부나가 공이 이따금 상경하심에도 불구하고 한 번도 사절을 보낸 적조차 없으니, 조정이나 막부에 체면을 세우기도 어렵고 민망하셨을 테니까요.

"필경 오다 님을 적으로 삼으면 설령 아사쿠라와 한편이 된다 한들 이길 승산은 없으니, 지금과 같은 경우에는 에치젠 쪽으로 명목상 천 명 정도만 가세할 사람들을 내보내고 오다 가문 쪽에는 어찌어찌 잘 얼버무려 놓으면 어떻겠습니까?"

이렇게 말하는 사람들이 많았습니다만, 그 말을 듣자 히사마사 공은 더욱 화를 내시며,

"네놈들, 말석에서 시중이나 드는 놈들이 무슨 말을 하는 게냐? 아무리 노부나가가 귀신 같다고 해도 부모 대부터 내려온 은혜를 잊고 아사쿠라 가문이 고생할 것을 못 본 체 저버려도 된다고 생각하느냐? 그런 짓을 하다니 말대에 이르기까지 무가의 명성이 꺾일, 아사이 가문의 치욕이 아니겠느냐! 나는 혼자서 나설지언정 그런 의리도 모르는 겁쟁이 짓은 못 한다."

라며 그 자리의 모든 사람을 쏘아보고 기세등등하셨으니, 아 — 그렇게 성급한 마음으로 말씀하지 마시고 찬찬히 분별을 해 보시는 편이 좋겠다고 노신들이 만류해도,

"네놈들, 모두 이 늙은이 앞을 가로막고 이 주름진 배를 가르게라도 할 셈이로구나."

라며 몸을 부들부들 떨고 이를 북북 가셨습니다. 원래 노인들이야 의리가 중요하신 분들이니 그렇게 말씀하시는 것도 일단은 그러려니 했지만, 예전부터 가신들이 자신을 무시한다고 꼬인 생각을 가지고 계시던 차에 나가마사 공이 자기가 열심히 다리를 놓아 들인 첫 아내를 싫어하여 내치고 오이치 님을 새로 맞이하셨다는 것에 아직도 원망하는 마음을 품고 계셨으니,

"내 그럴 줄 알았다. 부모의 말을 거역했으니 그런 꼴이 된 것 아니겠느냐. 이런 지경에 이르러 저 거짓말쟁이 노부나가에게 무슨 배려를 할 게 있느냐. 이렇게까지 속아 넘어간 상태로 잠자코 물러서 있다는 것은, 제 아내의 치마

폭에 붙들려서 오다 가문으로는 활시위조차 당기지 못하는 것으로 보이는구나."
라며 나가마사 공을 상당히 다그치시는 느낌도 있었습니다. 나가마사 수령님은 은거하시던 아버지와 가신들의 다툼을 아무 말 없이 듣고 계시다가 그때 후 하고 한숨을 쉬시더니,

"과연 아버님 말씀이 도리에 맞습니다. 저는 오다 가문의 사위지만 선조 대대로의 은혜와는 맞바꿀 수 없습니다. 저희가 지닌 서약서는 내일 당장 사자에게 들려서 오다 가문에 돌려줘 버리겠습니다. 노부나가가 아무리 호랑이나 이리 같은 기세를 자랑하더라도 에치젠 지역의 모든 힘을 규합하여 다시없을 일전을 벌인다면 어떻게든 그를 무찌르지 못할 리 있겠습니까?"
라고 단호히 말씀하시니 그다음에는 어쩔 수 없이 모두가 싸울 결심을 굳힌 것이었습니다.

그러나 그 후에도 전투 결의를 할 때마다 히사마사 나리와 나가마사 공의 생각이 서로 다르시어 어쨌든 원만하게는 진행되지 않았던 것 같습니다. 나가마사 공은 명장의 기량을 갖추신 데다 평소 용기백배하여 늠름한 기상이셨으므로,

"발 빠른 노부나가를 적으로 삼고 이렇게 느긋해서는 안 된다. 거꾸로 이쪽에서 먼저 공격해 들어가 한바탕 전투를 벌이는 편이 낫다."
라는 생각이셨습니다만, 히사마사 나리께서는 나이도 드신 까닭에 무슨 일에든 신중을 기하려고 하시니 도리어 불리함을 초래하게 되었습니다. 노부나가 공이 에치젠에서 도성으로 물러가신 때에도,

"빨리 아사쿠라 세력과 한편이 되어 미노로 공격해 들어가 기후(岐阜)를 함락해 버리자. 그러면 노부나가가 당장 달려 내려오려 하겠지만 고난에는 사사키 롯카쿠 일족이 있으니 쉽사리 통과시켜 줄 리는 없을 테고, 그 틈에 기후에서 되돌아와 사와(佐和) 산 입구에서 기다리고 있다가 전투를 벌이면 노부나가의 목은 내 것이 될 터다."

라고 나가마사 공이 전략을 짜시어 아사쿠라 님께 사자를 보내셨지만, 이치조다니(一乘谷) 저택에도 역시 마음 느긋한 사람들만 줄줄이 있었던 것인지 머나먼 미노로 나갔다가 적에게 퇴로를 포위라도 당한다면 큰일이라며 요시카게(義景) 공을 비롯해 아무도 뜻을 모아 주는 자가 없었습니다. 그래서 답신에는,

"아닙니다. 그보다는 언젠가 노부나가가 오다니의 성으로 공격해 들어갈 것이니 그때 이 지역 인원을 불러 아군으로 참가하도록 하겠습니다."

라는 인사치레만 있었으므로 애석하게도 나가마사 공의 계략도 소용이 없어진 것입니다. 나가마사 공은 그 답신을 들으시자,

"아아, 아사쿠라도 그런 느긋한 말을 하는 건가? 이 답신으로 요시카게라는 인물에 대해서는 알 만하구나. 그런 굼뜬 행동으로 저 발 빠른 노부나가를 이길 수 있을 가망은 열에 하나도 없을 것이다. 아버님 말씀이 있었지만 이렇게나 마음 통하지 않는 사람들과 한편이 되는 거라면 우리 가문의 운도 다한 것 같구나."

라며 절절히 한탄하셨다고 합니다만, 벌써 그때부터 아사이

가문이나 공 자신의 목숨도 길게 남지 않은 것이라 각오를 하신 것 같습니다.

그러고 나서 아네가와, 사카모토(坂本)의 전투가 있었고 한 번은 중재로 강화가 이루어지기도 했습니다만, 곧 그 화의(和議)도 파기되었고 오다 세력에 의해 점차 영지를 빼앗겼습니다. 진정 명장의 말씀은 틀림이 없는바 나가마사 공이 하신 말씀이 떠오릅니다. 겨우 이삼 년 사이에 사와 산, 요코야마(橫山), 후토오(大尾), 아사즈마(朝妻), 미야베(宮部), 야마모토(山本), 오타케(大嶽)의 여러 성들이 점차 함락당하고, 오다니의 본성만이 방어 준비가 되지 않은 채로 그 아래까지 적들이 바싹 밀려들어 왔던 것입니다. 공격해 들어오는 군세는 육만여 기(騎)로 개미가 파고들 틈도 없이 십중, 이십중으로 포위를 하여 노부나가 공을 총대장으로 하여 시바타 가쓰이에(柴田勝家), 니와 나가히데(丹羽長秀), 사쿠마 노부모리(佐久間信盛) 등 이름난 용자들이 가세했습니다. 히데요시 다이코(太閤)[99] 전하도 당시에는 기노시타 도키치로(木下藤吉郎)라는 이름으로 성에서 여덟 정 정도 떨어진 도라고젠(虎御前) 산에 요새를 쌓고 성안 사정을 살피고 계셨습니다. 아사이 님 가신들 중에도 상당히 훌륭한 장수들이 계셨지만, 이게 어찌 된 일인지 완전히 믿고 계셨던 사람들의 마음도 변하더니 차차 오다 님 쪽으로 항복하여 들어가는 바람에 아군의 기세는 나날이 약해지기만

---

99 원래 섭정(摂政), 관백(関白)에서 물러난 사람에 대한 경칭으로 쓰였으나 여기서는 특별히 도요토미 히데요시를 가리킴.

했습니다. 성안엔 인질인 여자와 아이들이 있었고 여기저기 작은 성에서 패배하여 들어온 무사들도 있어서 평소보다 많은 인원이었기 때문에, 처음에는 상당히 고양되어,

"울적한 것도 한때, 기쁨도 한때, 돌이켜 생각하니 꿈만 같도다."

라는 노래를 섞어 부르며 매일 밤낮으로 공방을 지속했는데, 그러는 사이에 히사마사 공의 성과 나가마사 공의 성 가운데에 자리한 성을 맡고 계시던 아사이 시치로(淺井七郎)님, 겐바노 스케(玄蕃のすけ) 님 등이 히데요시 님과 내통하여 적을 그 성안으로 끌어들였으므로 갑자기 성 내부는 불 꺼진 듯한 상황이 되어 버렸습니다.

그때 노부나가 공의 사자가 와서 말하기를,

"두 사람 사이가 틀어졌다는 거짓말도 원래는 아사쿠라의 계략이고, 이미 우리는 에치젠을 공략하고 요시카게를 잡았으므로 사돈 쪽에 대해 아무런 유감도 품지 않고 있으며, 또한 사돈 쪽도 이런 자에게 의리를 내세울 것은 없으리라고 보오. 성문을 열어 순순히 넘기고 물러나 준다면 혼인으로 맺은 친분도 있으니 이쪽도 없는 사람 취급은 하지 않겠소. 이후 오다 가문의 휘하로 들어와 충절을 바친다면 야마토(大和) 한 지역을 줄 테니 다스려도 좋소."

라는 나름 친절한 말씀이셨습니다. 성안에서는,

"마침 적절한 때에 적절한 처분이 왔다."

라며 기뻐하는 자도 있었고,

"아니지. 이것은 오다 님 본심이 아닐 게야. 여동생이신 오이치 님만 구해 내고 나가마사 성주님에게 할복을 명

하려는 생각이 틀림없어."

라고 말하는 자도 있어서 평가는 제각각이었습니다만, 나가마사 공은 사자에게 체면을 차리시며,

"뜻은 고맙게 생각합니다만, 이렇게 되어 무엇을 보람이라 여기며 세상을 더 살겠습니까? 그저 싸우다 죽기를 작정했으니 오다 님께 잘 전해 주시오."

라고 말씀하시고 전혀 받아들이지 않으셨습니다. 노부나가 공은,

"그렇다면 나를 의심하는 게로구나. 이쪽은 진실로 말하는 것이니 싸우다 죽기를 부디 단념하고 마음 편하게 물러서 달라."

라며 두 번 세 번 사자를 보냈습니다만, 일단 각오를 한 이상 바꿀 수 없다며 아무리 말씀을 올려도 듣지 않으셨습니다.

그래서 8월 26일 밤에 보리사(菩提寺)의 유잔(雄山) 승려를 부르시어 오다니 성안에 있던 마가타니(曲谷)의 돌을 캐내 그자에게 석탑을 만들게 하고 '도쿠쇼지(德勝寺) 천영종청(天英宗淸) 대거사(大居士)'라고 개명하신 이름을 새기더니 그 돌탑 뒤쪽을 파서 자필로 원서(願書)[100]를 넣으셨습니다. 그리고 27일 아침 일찍 성안에 있던 무사들을 모으시어 유잔 승려를 인솔 사범으로 세우시고, 나가마사 공은 석탑 옆에 앉으시니 따르는 무리들이 분향을 하였습니다. 모든 사람들이 당연히 하지 않겠다 사퇴하였지만 공이 단언을 하시니 말씀에 따라 분향하게 된 것입니다. 그리고 그 석탑

---

100   신이나 부처에게 소원을 적어 바치는 문서.

은 몰래 성에서 운반되어 나와 지쿠부 섬에서 팔 정 정도 동쪽으로 떨어진 호수 바닥 깊은 곳에 가라앉혔으므로 그것을 본 성안의 사람들은 오로지 싸우다 죽기만을 각오하게 되었습니다.

마님은 마침 그해 5월에 도련님을 낳으시고 산후의 피로로 한 달 남짓 몸을 풀고 계셨으므로 제가 내내 돌보아 드리며 어깨나 허리를 안마해 드리거나 세간 이야기의 말동무를 해 드리거나 하며 위로해 드렸습니다. 그렇습니다. 나가마사 공께서는 기상이 용맹하심에도 마님께는 지극히 다정하셔서 낮에는 하루 종일 목숨을 걸고 격한 활동을 벌이시다가도 안채로 건너오시면 기분 좋게 술을 드시고 이리저리 마님을 위해 신경 쓰시면서, 곁에서 시중드는 하녀들이나 저 같은 것에게까지 농담을 건네시고 몇 만 명이나 되는 적이 성을 휘휘 포위하고 있는 것도 전혀 마음에 담아 두시지 않는 듯했습니다. 아무래도 부부 사이에 관해서는 곁에서 모시는 사람으로서야 다 이해하기란 좀처럼 어려운 일이지만, 마님은 오라버니와 남편 사이에 끼어 마음 아파하셨을 테고, 나가마사 공은 그것을 또 가엾고도 사랑스럽게 여기시어 주눅들지 않게 하시려고 일부러 마님의 마음을 북돋워 주시지 않았겠습니까? 그러고 보니 그 시절 앞에서 모시게 될 때면,

"이보게 스님, 샤미센도 이제 흥겹지가 않아, 술안주 삼아 더 기분 들뜰 만한 게 없겠는가? 그 막대 묶임 춤[101]을

---

101 '막대 묶임(棒縛り)'이라는 이름으로 알려진 오래된 연기. 주인에 의해 술을 마시지 못하게끔 나무 막대에 손을 묶인 두 하인이 술을 마시려고 애쓰며 노래하는 가무.

한번 추어 보지 않겠나?"
라는 나리의 말씀이 있으셔서,

　　열일고여덟은
　　장대에 말린 얇은 천
　　가지고 와라
　　예쁘구나
　　끌어당겨라
　　예쁘구나
　　실보다 가느다란
　　허리를 묶어 보니
　　한결 더 예쁘구나

라며 저의 서툰 춤을 보여 드리며 좌흥을 돋우곤 했습니다.
그것은 제가 스스로 생각해 낸 익살스러운 춤으로 '실보다
도 가느다란 허리를 묶어 보니'라며 동작을 해 보여 드리니
많은 분들이 배를 잡고 웃으셨는데, 장님 주제에 묘한 손짓
으로 춤을 추는 것이 재미있으셨는지 한자리에 나란히 앉아
있는 분들의 떠들썩한 목소리에 섞여 마님의 웃음소리라도
들릴라치면 '아아, 조금은 기분이 좋아지셨구나?' 여겨져 저
도 얼마나 노력한 보람이 있었는지 모릅니다. 하지만 몹시
슬프게도 자꾸자꾸 세월이 흐름에 따라 아무리 제가 새로운
방식을 생각해 내 재미있고 즐겁게 춤을 추어 보여 드려도
'호호' 하며 미약하게 웃으실 뿐, 이윽고 그 소리마저도 들
을 수 없는 날이 많아지게 되었지요.

어느 날의 일이었습니다만 너무 어깨가 결려 참기 어렵다며 안마 치료를 해 주었으면 한다고 말씀하시기에 등 뒤로 돌아가서 문질러 드렸는데, 마님은 요 위에 앉으셔서 궤상(机上)에 기대신 채로 끄덕끄덕 졸고 계신가 여겼더니 그게 아니라 이따금씩 후 하며 깊은 한숨을 내쉬고 계시는 것이었습니다. 이럴 때 예전 같았으면 이야기 상대를 자주 해 드렸을 테지만, 그 무렵에는 좀처럼 말씀을 걸어 주시는 일도 없어서 그저 잠자코 안마 치료만 하였는데, 저는 그때 더할 나위 없이 마음이 불편하고 견디기 힘들었습니다. 원래 장님들은 남들보다 갑절로 감이 좋은 자들입니다. 하물며 저는 날마다 밤마다 마님 안마 수발을 들며 신체 상태를 거의 잘 알고 있었고, 가슴속에 품으신 일까지 저절로 제 손 끝으로 전해진 탓인지 잠자코 문질러 드리는 사이 저에게도 안타까운 느낌이 가득 차오르는 것이었습니다. 당시에 마님 은 스물에서 두세 살 지나셨는데 네 분이나 되는 자제분들 의 어머니셨습니다. 그런데도 뿌리부터 아름다우신 분이셨 던 데다가 그때까지 고생이라고는 해 보신 적도 없고 거친 풍파도 맞으신 적이 없었으니, 너무 황송하지만 그 살집이 포동포동하고 부드럽기로 말할 것 같으면 고운 비단옷 위로 안마를 하고 있어도 손에 닿는 느낌이 다른 여자분들과는 완전히 다르셨습니다. 무엇보다 이번이 다섯 번째 출산이셨 기 때문에 역시 다른 때보다야 다소 몸이 힘드셨지만, 몸이 야위시면 야위신 대로 그 골격이 세상에 비할 바 없이 연약 하게 느껴져서 그저 놀랍기만 할 따름이었습니다. 저는 사 실 이 나이가 되도록 오랜 세월 동안 안마 치료를 하며 살아

왔고 젊은 여자분들을 수도 없이 안마해 보았습니다만, 마님만큼 낭창낭창한 몸을 가진 분을 만난 적이 없습니다. 게다가 살결의 부드러움과 고움, 팔이든 다리든 함초롬히 이슬을 머금은 듯한 탄성을 지니셨는데, 그야말로 진정 옥과 같은 살결이라고 할까요? 머리칼도 출산을 하고 나서는 눈에 띄게 숱이 적어졌다고 스스로는 말씀하셨지만, 그래도 찰랑찰랑 뒤로 늘어뜨리신 머리칼은 보통 사람에 비한다면 성가실 정도로 숱이 많아서 한 가닥 한 가닥 비단실을 늘어세운 듯했고, 가늘거나 곱슬한 기운이 없었으며 묵직한 머리칼이 사르르 옷에 스치면서 등을 다 덮어서 어깨를 주무르는 데에 방해가 될 정도였습니다. 하지만 이 귀하고 지체높으신 분의 신세도 성이 함락을 당할 때에는 어떻게 되려는지, 그 옥과 같은 살결과 키만큼이나 긴 검은 머리칼과 연약한 골격을 감싼 부드러운 살집도 모두 성루와 함께 연기처럼 사라져 버리려는지. 사람 목숨을 빼앗는 것이 동란 세상의 운명이라고 해도 이런 애처롭고 아름다운 분을 살해하는 법이 어디 있겠습니까? 노부나가 공만 해도 피를 나눈 여동생을 살려 주시려는 생각이 없으신 걸까요? 뭐 저 같은 놈이 그런 걱정을 한들 소용도 없는 일이겠습니다만, 인연이 있어 곁에서 모시게 됐고 심지어 무슨 복인지 장님으로 태어난 주제에 이런 분의 몸에 손을 댈 수 있게 되었으니 아침저녁으로 허리를 주물러 드리며 그저 손으로 안마를 해 드리는 것만을 삶의 보람이라 여기고 있거늘, 이제 이렇게 모시는 일도 언제까지 가능할까 생각을 하니 장래에 아무런 기대감도 사라져 갑자기 가슴이 답답하고 괴로워졌습니다.

그러더니 마님은 다시 후 하고 한숨을 쉬시고는,

"야이치(弥市)."

하고 부르시는 것입니다. 저는 성안에서 '스님'이라고 불렸지만,

"그냥 스님이면 안 되지."

라고 말씀하시며 마님으로부터 '야이치'라는 이름을 받게 된 것입니다.

"야이치, 무슨 일이지?"

라고 그때 거듭 말씀하시는 말에,

"아, 예?"

라고 답하고 몸 둘 바를 모르고 있으니,

"전혀 힘이 들어가지 않았지 않나? 좀 더 세게 안마를 해 주게."

라고 말씀하시는 것이었습니다. 저는,

"송구합니다."

라고 말씀드리고 쓸데없는 기우에 손힘을 소홀히 했는가 싶어 마음을 다시금 다잡고 열심히 안마를 해 드렸습니다. 하지만 그날 특별히 더 어깨가 딱딱하게 뭉쳐 있으셔서 옷깃 목덜미 양쪽에 주먹만 한 둥근 응어리가 잡혔습니다. 그래서 그걸 문질러 풀어 드리는 데에 상당히 시간이 들었습니다. 아, 정말 이런 정도면 필경 너무 괴로우실 텐데, 이렇게도 어깨가 뭉쳐 있다는 것은 틀림없이 여러 가지를 걱정하시어 밤에도 제대로 푹 주무시지 못하는 탓이지 않겠는가, 가여우신 일이로구나 추측하고 있노라니,

"야이치."

하고 부르시며,

"자네, 언제까지 이 성안에서 지낼 생각인가?"

라고 물으시는 것이었습니다.

"네, 저는 언제까지고 마님을 모시고 싶습니다. 별 볼일 없는 몸이라 쓸모는 없지만 측은히 여겨 주시어 이렇게 곁에서 모실 수만 있다면 감사하겠습니다."

라고 답변을 드리니,

"그래?"

라고 말씀하시고는 한동안 조용히 계시더니,

"그런데 자네도 알고 있는 것처럼 많은 사람들이 어느 사이엔가 한 사람 줄어들고 두 사람 줄어들어 이제 성안에는 몇 명 남지도 않았다네. 뛰어난 무사들조차 주군을 버리고 성을 빠져나가는데 사무라이도 아닌 자네가 무슨 마음을 그리 쓸 게 있겠는가? 하물며 자네는 앞도 보이지 않으니 우물쭈물하다가는 다칠 수도 있잖은가."

라고 말씀하시는 것입니다.

"말씀은 고맙습니다만, 성을 버리는 것이든 그대로 머무르는 것이든 뭐든 각각의 사람 마음에 맡길 일입니다. 앞만 보였다면 밤의 어둠을 틈타 멀리 달아날 수도 있었겠지만, 이처럼 사방을 적에게 에워싸여 있어서는 설령 저를 내쫓으신다 한들 저로서는 도망칠 길도 없습니다. 어차피 시원찮은 장님 중이기는 합니다만 어설프게 적에게 잡혀 동정을 받는 건 싫습니다."

그러자 아무런 말씀도 없이 가만히 눈물을 흘리시는 듯 품에서 접은 종이를 꺼내시는 소리가 사락사락 들렸습니다. 저는 제 신세보다는 마님이 어떻게 하실 작정이신지, 끝까지 나가마사 공과 함께하실 것인지, 오다 님이 다섯 자제분들을 귀엽게 여기신다면 다시 용서받으실 수도 있지는 않을지, 마음속으로 안절부절못했습니다만, 그런 것을 건방지게 여쭈어 볼 수도 없는 노릇이어서 그다음 말씀을 하시지 않기에 대화를 이을 계제도 없이 결국 물러나 버렸습니다.

그것이 그 석탑 공양이 있기 이틀 정도 전의 일로, 8월 27일 새벽 사무라이들의 소향(燒香)을 받으시더니 이번에는 마님과 자제분들과 몸종들, 저까지 그리로 다 부르시고는,

"자, 자네들도 회향(回向)[102]을 해 주시게."

라고 말씀하시는 것이었습니다.

하지만 정작 그런 자리가 되니 하녀들의 슬픔 또한 각별하여서,

"아아, 그럼 이제 드디어 성의 운명이 다하여 주군께서는 전사하시는 것인가."

라며 모두 어찌할 바를 모를 뿐, 한 사람도 소향하는 자리로 나아가려 하지 않았습니다. 이삼일 동안 적의 공세는 한층 더 격해져서 낮이고 밤이고 전투가 끊일 새 없었습니다만, 오늘 아침엔 왠지 적들도 어느 정도 공세를 늦춘 것인지 성의 안팎이 모두 조용하여 넓은 응접실은 쥐 죽은 듯 고요했습니다. 마침 가을도 중반 무렵이어서 오미 지역도 북쪽과 가까운 산꼭대기는 아직 다 밝아지지도 않을 정도의 시

102　불공(佛供)을 드려 죽은 사람의 명복을 비는 행위로, 나가마사 공을 이미 죽은 사람으로 대한다는 의미.

각이었으므로 말석에 대기하고 있었는데, 살갗에 닿는 바람이 서늘하게 몸에 스미고 마당 쪽에서 풀잎에 우는 벌레 소리만이 찌르르 찌르르 들리는 것이었습니다. 그러다 갑자기 응접실 구석에서 누군가 한 사람이 훌쩍훌쩍 흐느껴 울기 시작하니 그때까지 꾹 참아 왔던 많은 사람들이 여기저기에서 한꺼번에 훌쩍훌쩍 울기 시작했고, 철없는 자제분들까지 소리를 높여 울게 되었습니다.

"이런 이런, 너는 나이도 가장 위면서 울면 말이 되겠느냐? 조금 전에도 몇 번이나 이야기를 하지 않았니."
라며 마님은 이런 때에도 흐트러진 모습 없이 단정한 목소리로 오차차 님을 야단치시고, 장남 만푸쿠마루(万福丸) 님의 유모를 부르시어,

"자, 우리 아이들부터 먼저 소향을 해야겠어요."
라고 말씀하시는 것입니다. 그래서 제일 먼저 만푸쿠마루 님, 두 번째로는 그해에 태어난 도련님이 소향을 마치니,

"오차차, 네 차례다."
라고 말씀하셨습니다만,

"아니, 딸애보다, 당신은 왜 하지 않는 거요?"
라며 나가마사 공이 정색을 하시고 말씀하셨습니다. 마님은 그저,

"예, 예."
라고 입속으로 말씀만 하실 뿐 좀처럼 하시려 하지 않으므로,

"그렇게 내가 이야기를 했건만 왜 모르는 거요. 이런 때에 이르러 명령을 거스를 작정이오?"
라며 평소에는 마님에게 다정하신 분이 여느 때와 달리 거

칠게 말씀하셨습니다만,

　"생각하신 바는 송구스럽지만……."

이라며 굳게 결심을 하시고 자리에서 일어서려 하시지 않았습니다. 그때 나가마사 공께서 큰 목소리를 내시며,

　"허허, 그대는 여자의 도리를 잊었소? 내가 죽은 이후의 보리를 빌고 자식들이 성인이 되는 것을 끝까지 지켜보는 것이야말로 아내 된 자의 역할이 아니오? 그 도리를 몰라서야 어찌 미래 영겁의 아내라고 볼 수가 있겠소. 나를 남편이라 생각하지도 마시오."

라며 날카롭게 혼을 내셨습니다. 그 목소리가 넓은 방 구석구석까지 쩌렁쩌렁 울렸기 때문에 그 자리에 있던 모든 사람들이 깜짝 놀라 어떻게 되려나 숨을 죽이고 있었는데 한동안 아무런 소리도 나지 않았습니다만, 이윽고 조용조용히 다다미 위로 옷이 스치는 기색이 들렸으니 그것은 어쩔 수 없이 마님이 소향을 하시는 소리였습니다. 그러고 나서 첫 번째 공주이신 오차차 님, 두 번째 공주 오하쓰 님, 세 번째 공주 고고(小督) 님이 차례로 회향을 하셨으므로, 결국 나머지 사람들도 멈칫거림 없이 다 끝마치게 되었던 것입니다.

　그 석탑을 운반하여 호수에 가라앉힌 것은 아까 말씀드린 대로입니다. 마님은 사람들 앞에선 일단 남편 말씀에 따르시기는 했지만,

　"공께서 목숨을 다하시면 저 혼자 이 세상에 오래 살아 보았자 무엇하겠습니까? 저 여자가 아사이의 안사람이었다고 사람들에게 뒷손가락질당하려니 억울합니다. 돌아가실 때 반드시 저도 같이 죽게 해 주십시오."

라며 밤낮으로 간청을 하셨지만 아무리 해도 나가마사 공은 허락하실 마음이 없으셨던 것으로 보입니다. 그러자 다음 날 28일 사시(巳時) 무렵에 오다 님의 사신 가와치(河內) 수령 후와 미쓰하루(不破光治) 님이 세 번째로 오셔서, 이제 다시 한 번 생각을 고쳐먹고 항복할 마음이 없느냐는 노부나가 공의 말씀을 전했습니다. 나가마사 공은,

"이리 거듭거듭 생각해 주심에 대해 현세에서나 후세에서나 망극하게 여기지만, 나는 어떻게 되든 이 성에서 할복하겠습니다. 다만 아내와 딸들은 아녀자들이고 노부나가 공과도 핏줄로 이어진 사람들이니 잘 이야기하여 나중에 그쪽으로 보내겠습니다. 모처럼 베푸신 온정으로 저 사람들의 목숨을 살려 주시고 나중까지 보살펴 주신다면 고맙겠습니다."

라며 은근하게 부탁을 하시고 우선은 가와치의 수령님을 돌아가게 한 다음, 이후 다시 마님에게 담담하게 의견을 말씀하신 것 같았습니다. 원래 나가마사 공 입장에서도 그 정도로 부부 사이가 돈독했으니, 죽으면 같이 죽자고 각오하신 마님의 마음속을 어찌 야박하다 생각하셨겠습니까? 생각해 보니 두 분이 부부의 연을 맺으시고 나서 올해로 육 년째에 드는 짧은 언약의 시기였습니다. 그사이 내내 세상이 소란스러워서 어떤 때에는 멀리 도읍이나 고난의 싸움터로 출진하시고 하루도 안락하게 지내신 적이 없으니, 죽은 뒤 같은 연꽃 받침 위에서 언제까지고 정답게 지내고 싶다 소원하시는 것도 결코 무리는 아니겠지요. 하지만 나가마사 공은 용맹한 분이면서도 평소 남보다 더 연민이 깊으시어 나

이가 젊은 마님을 잔인하게 죽게 하는 일만큼은 너무도 가엾게 여기셔서 어떻게든 목숨을 구하고자 생각하셨고, 특히 자제분들의 장래도 걱정을 하신 것입니다. 어쨌든 여러 가지로 화제를 바꾸어 가시며 도리를 설득하신 모양인지 점점 마님도 납득을 하시어 공주님들만 데리고 친정으로 돌아가시기로 결정하셨습니다. 아드님들은 아직 어리고 앳될 뿐이지만, 적의 손에 들어가면 위험하다고 여겨 장남인 만푸쿠마루 님은 에치젠 지역의 쓰루가(敦賀) 고을의 연고자에게 28일 밤늦게 기무라 기나이노스케라는 하인을 붙여서 살짝 성을 빠져나가게 하시고, 막내 도련님은 이 지역 후쿠덴지(福田寺)에 맡기시고 그날 밤 오가와 덴시로(小川伝四郎)와 나카지마 사콘(中島左近)이라는 무사 두 명에다 유모를 붙여 후쿠덴지 근처의 호숫가에 배를 대게 하고 한동안 갈대가 우거진 사이에 숨어 계셨다고 합니다.

마님은 28일 한밤중에 나가마사 공과 이별의 술잔을 나누셨습니다만, 다할 수 없는 아쉬움에 여러 가지 이야기를 하시는 동안 가을의 긴 밤이었음에도 어느샌가 날이 점차 밝아 왔으므로, 그럼 이제 안녕히, 라고 작별하며 동녘이 벌써 희끄무레 동이 틀 무렵 성문에서 가마에 오르셨습니다. 이어지는 세 대의 가마에는 세 분 아가씨들이 유모와 함께 타시고, 후지카케 나가카쓰(藤掛永勝)라는, 마님이 시집오실 때 오다 가문에서 같이 온 집안일 하는 하인이 수하의 군사들을 데리고 호위를 하였으며 그 밖에 이삼십 명의 하녀들이 수행하여 오다니를 뒤로하시고 떠나셨습니다. 나가마사 공은 가마가 보이지 않을 때까지 전송하시고는, 그날 아침엔 이제 이것을 마지막으로 차려입으시는 것이라, 검은 실로 꿰맨 미늘 갑옷에 금실로 무늬를 넣은 가사(袈裟)를 걸치셨다고 합니다. 마침내 마님이 가마에 오르셨을 때,

　　"그럼 이제 뒤를 부탁하오. 잘 사시오."

라는 말씀을 하셨는데 용기백배한 맑은 목소리셨습니다. 마님도,

　　"마음과 능력 모두 훌륭한 일을 하셔요."

라며 굳세게 말씀하시고는 눈물을 보이시지 않고 꾹 참으신 건 과연 마님다웠습니다. 아래 아가씨들 두 분은 동인지 서인지도 모르실 정도로 어렸으므로 유모 팔에 안긴 채 무슨 일인지 꿈에도 모르고 계셨습니다만, 오차차 님은 아버지를 돌아보고 또 돌아보며,

　　"싫어, 싫어."

라고 울며 많이도 보채셨고 어르고 달래도 좀처럼 울기를 멈추지 않으셨으므로, 수행하는 사람들은 이 모습을 보는 것이 무엇보다 괴로웠습니다. 이 아가씨 세 분이 나중에 모두 출세를 하시어 오차차 님이 요도(淀) 님, 오하쓰 님이 교고쿠 다카쓰구(京極高次) 재상님의 정실인 조코인(常高院) 님, 가장 막내 고고 님이 황송하게도 지금 쇼군이신 히데타다(秀忠) 님의 부인이 되시리라고 그때 누가 상상이나 했겠습니까? 아무리 생각해도 운명의 끝자락은 알 수 없는 것이지요.

　　노부나가 공은 오이치 님과 조카딸들을 받아들이시고 몹시도 기뻐하시며,

　　"잘 결정하고 성을 나와 주었구나."

라며 다정하게 말씀하시고,

"아사이에게도 그렇게 마음을 다해서 항복하기를 권했건만 끝까지 듣지 않더구나. 하지만 그 모습이 장하게도 명예를 높이 여기는 무사로 보였느니라. 저런 사내를 죽이는 것은 내 본의가 아니지만 활과 화살을 든 무사의 의지이니 어쩔 수 없는 일이라 이해해 주기를 바란다. 너도 긴 농성의 기간 동안 필경 고생이 많았겠지."

라며 골육 사이이기 때문에 솟는 애정도 각별하여 흉금 없이 터놓은 이야기가 이어졌고, 즉시 동생인 오다 노부카네(織田信包)[103] 수령님 댁에 의탁하시며 잘 아끼고 돌보도록 분부하셨습니다.

전투 쪽은 27일 아침 무렵부터는 중지되었습니다만 오이치 님을 성 밖으로 빼낸 이상 이제 유예할 일은 없다, 성을 단숨에 짓밟고 아사이 부자를 할복시키는 일만 남았다며 노부나가 공이 몸소 성곽의 교고쿠마루(京極丸) 쪽으로 오르시어 총군세에게 하명을 하시고 오로지 공격에 공격을 거듭하여 낙성시키라고 말씀하셨으므로, 공격 군사들은 '에이, 에이, 오 — ' 하며 어마어마한 함성을 지르고 공세에 나섰던 것입니다. 이때 히사마사 공의 성채에는 병사 팔백 명정도가 농성하고 있었고 사방에서 담당 구역을 굳게 지키고 있었습니다만, 적은 너무도 수가 많은 대군인 데다가 시바타 님이 앞장을 서서 담을 타고 물밀듯이 올라오셨으므로, 히사마사 님도 이제는 마지막이구나 생각하시고 이노쿠치

---

103 오다 노부카네(織田信包, 1543~1614): 오다 노부나가의 동생으로, 형이 죽은 뒤 도요토미 히데요시를 모시고 성주가 됨.

마사요시(井の口政義) 수령님에게 잠시 공격을 지원하게 하
시더니 그사이에 자결하셨습니다. 할복을 하실 때 목을 치
는 역할은 후쿠주안(福壽庵) 님이셨습니다. 쓰루마쓰(鶴松)
라는 춤을 잘 추는 예능인도 같이 있었는데,

"항상 곁에 있으라는 분부를 받들던 정이 있었으니 이
번에도 함께 대동하겠습니다."
라고 말씀을 올리고, 술잔을 받고 히사마사 님의 최후를 지
켜보고 나서 후쿠주안 님의 목을 쳐 드린 다음 자신은 좌석
에서 한 단 아래의 판자가 깔린 곳으로 내려와 배를 갈랐다
고 합니다. 그 밖에 이노쿠치 님, 아카오 요시로(赤尾与四
郎), 센다 우네메노쇼(千田采女正), 와키자카 히사자에몬(脇
坂久右衛門) 님이 모두 자결하셨습니다.

히사마사 님은 나이가 많이 드신 후 할복하시어 딱하게
되셨습니다만, 생각해 보니 모두 스스로 잘못하신 것입니
다. 이런 지경이 되기 전에 일찍 나가마사 공의 말씀에 따르
셔서 아사쿠라 님을 포기하셨으면 좋았을 것인데, 오다 님
의 운세를 통찰할 만한 안력도 없으면서 근거 없는 의리를
내세우시다가 덧없이 세상을 마치신 것이니 누구를 원망하
겠습니까? 그뿐 아니라 전투 때의 진퇴 기술, 출진의 적당한
시점 등에 관해서도 은거하시던 분인 만큼 차라리 틀어박혀
계셨으면 좋았을 것을 일일이 나서서 나가마사 공의 계략을
방해나 하시고, 이길 수 있는 싸움에도 한발 늦어 눈을 멀뚱
멀뚱 뜨고서 승운을 놓친 적이 몇 번이었는지 모릅니다. 오
다 님이 천마파순(天魔波旬)의 기세를 가지고 계셨다고 한들
나가마사 공의 무운에 맡기셨다면 이 정도의 일까지는 일어

나지 않았을 겁니다. 그러니 아사이 가문은 첫 대인 스케마사 공, 세 번째 대인 나가마사 공 모두 무장으로서의 명성이 자자하셨지만, 두 번째 대인 히사마사 공의 그릇만은 옹졸하여 사려가 얕았던 만큼 멸망을 초래하였던 것입니다. 그리 생각하면 나가마사 공이야말로 너무 가여우십니다. 어쩌면 노부나가 공과는 아주 달라서 바르고 우아한 처치를 할 수 있는 기량을 가지신 분인데, 부모의 말을 지키다가 스스로 자신의 운세를 초라하게 만드셨습니다. 제가 생각하기에도 안타깝고 답답하여 도저히 체념하기 어려운데, 마님 가슴 속은 어느 정도이셨겠습니까? 하지만 그것도 효심이 깊은 탓이었으니 실로 어쩔 도리가 없는 노릇이었습니다.

은거하시던 히사마사 님의 성채가 함락된 것이 29일 오시(午時) 무렵이었고, 그다음부터는 시바타, 기노시타, 마에다 도시이에(前田利家), 삿사 나리마사(佐々成政) 등의 수하들이 하나가 되어 성 본채로 밀려들었습니다. 나가마사 공은 가까이에 부하들 오백 명만 데리고 칼을 휘둘러 나서시며 적을 몹시도 힘들게 하신 후에 다시 물러나셨으므로, 적군이 몰려와 검은 연기를 피우며 더할 나위 없을 만큼 거센 공격을 해 댔지만 성벽에 들러붙으려는 자를 찔러 떨어뜨리고 밀어 떨어뜨리며 적을 한 명도 성 본채 안으로 들이지 않았습니다. 그래서 29일 밤에는 공격하던 군세도 하다 하다 지쳐 휴식을 취하고 다음 9월 1일에 다시 공격해 들어왔습니다. 나가마사 공은 그때까지 아버지의 최후를 알지 못하다가,

"아버님은 어떻게 계시느냐?"

라며 부하에게 물으셨는데,

"히사마사 님은 어제 자결하셨습니다."
라고 아뢰는 자가 있었으므로,

"그런 줄은 꿈에도 몰랐구나. 그 이야기를 들은 이상 이 세상에 무슨 미련이 있으리. 아버님의 혼을 위한 복수전을 하고 깨끗이 뒤를 따를 뿐이다."
라며 사시(巳時) 무렵에 이백 명 정도만 데리고 나서시어 무리 지어 덤비는 적을 베어 쓰러뜨리고 또 베어 쓰러뜨리며 한 발짝도 물러서지 않고 싸우셨습니다만, 시바타와 기노시타의 군세가 도마죽위(稻麻竹葦)로 둘러싸고 아군은 겨우 오륙십 명밖에 남지 않았으므로, 일자로 늘어서서 성 본채로 뛰어들어 가시려던 차에 적이 본채를 점령하고 문을 안에서 단단히 걸어 잠가 버렸으므로, 문 왼쪽 옆에 있던 아카오 미마사카(赤尾美作) 수령님의 거처로 피하시어 이윽고 할복을 수행하셨습니다. 목을 쳐 주는 역할은 아사이(淺井) 휴가(日向) 수령님. 함께 모시던 사람들은 휴가 수령님을 비롯하여 나카지마 신베, 나카지마 구로지로, 기무라 다로지로, 기무라 요쓰기, 아사이 오키쿠, 와키자카 사스케 등의 분들이었습니다. 적은 노부나가 공의 말씀을 받들어 어떻게든 나가마사 공을 생포하려고 했습니다만, 명성 있는 무장이 필사의 각오로 싸운 까닭에 생포될 틈 따윈 없었으므로 나중에 거처로 들어와서 수급만 받아 갔다고 합니다.

생포당한 것은 아사이 이와미 수령, 아카오 미마사카 수령, 아카오 신베, 이 세 분들은 무사로서의 운이 형편없어서 포박당하는 수치를 당한 채 노부나가 공 앞에 끌려 나왔습니다. 그때 노부나가 공이,

"네놈들, 주군인 나가마사에게 역심을 품게 하고 평소 오래도록 나를 잘도 괴롭혔겠다."

라고 말씀하시니, 이와미 수령님은 고집 센 인의를 지니고 있었으므로,

"우리 주군인 아사이 나가마사는 오다 님처럼 표리가 다른 주군은 아니었소."

라고 말하니 노부나가 공이 버럭 화를 내시며,

"네놈이 분별없이 생포될 정도밖에 안 되는 무사로서 표리가 다른 게 무언지 알기나 하느냐?"

라며 창 자루로 이와미 님의 머리를 세 번 찍으셨습니다. 하지만 기가 죽은 기색도 없이,

"손발이 묶여 있는 자를 그리 때리시고 화가 풀리십니까? 장군의 마음가짐은 확실히 남다르시군요."

라며 듣기 싫은 말을 하였으므로 결국 처형당했습니다. 미마사카 님은 얌전히 계셨지만,

"그대는 약관 무렵부터 무용이 대단하기로 이름나고 전투에서는 귀신이라 일컬어졌으면서 어찌하여 이렇게 뒤처지게 되었는가?"

라는 말씀에,

"진작에 늙어 버려 보시는 바와 같은 처지가 되었습니다."

라고 대답했는데,

"한 명은 용서하고 특별히 사면하여 보내라."

라는 명령이 내려져도,

"저는 이후 아무것도 바라는 바가 없습니다."

라고 아뢰고 그저 세상과의 작별만을 바라셨습니다.

"그렇다면 아들 신베를 돌봐 주겠다."

라는 분부가 거듭 있었을 때, 미마사카 님은 아들 신베 님을 돌아보시며,

"아니다, 아니다. 사퇴의 말씀을 드리는 편이 좋겠구나. 오다 님께 속아서 사내가 기죽어 지내면 안 되느니라."

라고 말씀하시니 노부나가 공은 껄껄 웃으시며,

"이 늙은이가 나를 의심하는구나. 그렇게도 내가 거짓말쟁이처럼 보이느냐?"

라고 말씀하시고 그 후 정말로 신베 님을 거두어 주셨습니다.

오다니의 마님은 남편 나가마사 공의 자결 소식을 들으시고는 방에 틀어박히신 채로 매일매일 회향을 하고 계셨는데, 어느 날 노부나가 공이 안부를 물으러 오셔서,

"분명 너에게는 아들이 있었지. 그 아들이 야무지다면 내가 거두어 양육하고 나가마사의 뒤를 잇게 해 주고 싶구나."

라고 말씀하셨습니다. 마님은 처음에는 오라버니의 마음을 헤아리기 어려워,

"아이가 어떻게 되었는지는 몰라요."

라고 아뢰었습니다만,

"나가마사야 적이었지만 아이에게 무슨 죄가 있겠느냐. 나에게는 조카가 되는 셈이니 가여운 생각에 묻는 것이다."

라고 말씀하시므로, 그런 이유로 이리 생각해 주시는가 싶어 점차 안도를 하시고 이러이러한 곳에 있다며 만푸쿠마루

님이 숨어 계신 곳을 살짝 말씀하셨습니다. 그리하여 에치젠의 쓰루가 고을로 사신이 가서, 기무라 기나이노스케에게 도련님을 데리고 오도록 명령을 하셨습니다. 기나이노스케는 경계하며 자기 결정으로 도련님을 베어 버렸다고 대답했지만, 그 이후에도 몇 번이고 사신이 와서 '오라버니가 저렇게까지 말씀하시는데 어설프게 숨겼다가는 모처럼 품은 온정을 배반하는 일입니다. 나도 자식의 무사한 얼굴을 보고 싶은 만큼 하루라도 빨리 데려와 주세요.'라고 빈번히 마님이 재촉을 하셨으므로, 기나이노스케는 믿기 어렵다고 생각하면서도 어차피 계신 곳을 들킨 터라 만푸쿠마루 님을 직접 모시고 9월 3일에 오미의 기노모토(木之本)로 왔습니다. 그러자 도키치로 님이 마중을 나오시어 도련님을 받으시고 노부나가 공께 보고드리자,

"그놈 자식을 베어 죽이고 목을 꿰어 모두에게 보이도록 하라."
라고 말씀하셨으므로 과연 도키치로 님도 당혹스러워하시며,

"그렇게까지 하실 일은……."
이라고 말했지만, 도리어 호되게 질책을 당하고 어쩔 수 없이 명령대로 하셨습니다.

나가마사 공의 수급도 아사쿠라 요시카게 님의 수급과 함께, 육신에서 떼어 내져 붉은 칠을 당하고 이듬해 정월 그 수급은 네모난 판에 놓여 궁중 축하연 때 다이묘들이 모인 자리에서 술안주처럼 내어진 것입니다. 노부나가 공도 아사이 님 때문에 종종 위태로운 지경을 당하시어 어지간히 증오가 깊었겠지만, 근본적으로 따지자면 스스로 서약서를

휴지 조각으로 만드신 것입니다. 하다못해 여동생의 한탄을 살펴 주셨더라면 보통 인연이 아니었던 분을 그렇게까지는 하지 않으셨어도 좋았을 텐데 말입니다. 특히 육친의 정이라는 말로 오이치 님을 속이시고 아무것도 모르는 아드님마저 베어 효수까지 하시다니 너무 잔인한 수법이었습니다. 그러니 덴쇼(天正) 10년(1582년) 여름 혼노지(本能寺)[104]에서 비명에 돌아가신 것도 아케치(明知)가 역신이어서만이 아니라 많은 사람들에게 원한을 쌓은 탓이기도 하겠지요. 인과응보란 참으로 무서운 것입니다.

나중에 히데요시 다이코 전하가 되신 기노시타 도키치로 님이 입신하신 것도 이 무렵부터였습니다. 이번 오다니 성 공격에서는 시바타 님을 비롯해 모두 재량을 앞다투셨지만 그중에서도 특히 도키치로 님은 발군의 공을 세우시어 노부나가 공도 여간 기뻐하신 게 아니셨고, 오다니의 성과 아사이의 영지, 사카타(坂田)의 영지 반, 이누가미 마을을 영지로 내려 주시며 고호쿠의 수호자로 임명하셨습니다. 그때 도키치로 님은 오다니의 성을 적은 수로는 지키기 어렵다고 말씀하시며 제 고향인 나가하마로 거처를 옮기시고, 그 당시 그 지역을 이마하마(今浜)라고 불렀는데 이때부터 나가하마로 이름을 고치셨던 것입니다.

그건 그렇고, 히데요시 공이 오타니의 마님에게 연심을 품으셨던 것은 언제부터였을까요? 저는 마님이 성을 두

104   1415년에 창건된 교토의 대사찰로, 1582년 오다 노부나가가 살해당하는 변이 발생하면서 소실되었다. 그 후 히데요시가 자리를 옮겨서 재건하였고, 사찰 내부에는 노부나가 공양탑이 있음.

고 떠나셨을 때,

"자네를 같이 데려가고 싶지만 일단 이곳에서 잘 살아
남은 다음에 찾아오시게."

라며 감사한 말씀을 하셨기 때문에 이 몸은 이미 죽은 것이
라 각오를 하고 있었는데, 주저하는 마음이 생겨 가마가 나
간 틈을 타 성을 나와서 전투의 끝을 다 지켜볼 때까지 하루
이틀 동안 마을 한 구석에 숨어 있었습니다만, 다시 마님을
곁에서 모시고 싶은 마음에 고즈케 수령님이 진을 치신 곳
으로 갔더니,

"마음에 들었던 장님 안마사입니다."

라고 마님이 말씀을 해 주셨으므로 다행히 심한 책망도 받
지 않고 다시 곁에서 모시게 된 것입니다. 그래서 히데요시
공이 오셨을 때에도 가끔 옆에 대기하고 있었습니다만, 처
음 대면하며 마님 앞에 나서실 때 히데요시 공은 멀리서 몸
을 납작하게 엎드리시고,

"제가 도키치로이옵니다."

라고 존경해 마지않는다는 인사말을 하셨으므로 마님도 조
신하게 고개로 인사를 되돌려 주시고는 출진하여 고생하신
것을 치하하셨습니다. 히데요시 공은,

"제가 이번에 특별히 공을 세운 것도 없는데, 포상으
로 아사이 님의 영지를 받아 황송하게도 나가마사 공의 뒤
를 잇게 된 것은 무사로서의 면목이 서는 일입니다. 이제 앞
으로는 무슨 일이든 오래된 법도에 따라 고호쿠를 다스리고
돌아가신 아사이 님의 무용에 덕을 입으리라 생각합니다."

라고 이야기하며,

"진중에 머무시는 것이니 필시 불편하시겠지요. 무엇이든 신변의 물품이라도 부족한 것이 있으시다면 괘념하지 마시고 말씀 주십시오."

라며 빈틈없는 말씀을 하시며 놀랄 만큼 애교가 많은 분이었습니다. 특히 공주님들에게까지 여러 가지로 친근하게 구시며 비위를 맞추시고,

"아기씨가 가장 언니이신 겁니까? 어디 봅시다. 저에게 안겨 보십시오."

라며 오차차 님을 무릎 위에 앉히시고 머리를 빗겨 주시며,

"나이는 몇 살이신가요? 이름은요?"

등등 물으셨습니다.

오차차 님은 신통한 답변도 하지 않으시고 못마땅한 듯 앉아 계셨습니다만, 이 사람이 아버지의 성을 공격하여 함락시킨 쪽의 깃발을 든 우두머리렸다 싶어 어린 마음에도 원망스럽게 생각하셨는지, 문득 히데요시 공의 얼굴을 가리키시고는,

"그대는 원숭이와 닮았구나."

라고 말씀하셨으므로 히데요시 공도 조금 당황하시어,

"그렇습니다. 저는 원숭이를 닮았습니다만, 공주님은 어머님을 그대로 빼닮았군요."

라며 하하 하고 웃어넘기셨습니다. 그 후 바쁜 와중에도 빈틈없이 안부를 물으러 오시고 이것저것 공주님들에게까지 선물을 하시며 심상치 않게 마음을 쓰셨으므로 마님도,

"도키치로는 믿을 만한 자로구나."

라고 말씀하시며 마음을 터놓고 계셨습니다만, 제가 지금 생

각해 보니 오이치 님의 세상에 비할 바 없는 아름다움에 일찍이 눈독을 들이시고 남몰래 연심을 품고 계셨던 것은 아니었을까요? 무엇보다 주군인 노부나가 공의 여동생이시고 가신 입장에서는 손을 뻗을 수도 없는 그림 속의 꽃과 같은 존재였으니 설마 그때 어떻게 해 보려는 심산 따위는 없었겠지만, 여하튼 이런 쪽에서는 주도면밀하신 히데요시 공이지요. 신분의 차이라고 해도 유위전변(有爲轉變)은 세상의 일반적인 일이고, 특히 영고성쇠가 심한 것은 전국 시대의 숙명입니다. 그러니 오랜 세월 동안 언젠가는 이 마님을 차지하리라 몰래 희망을 품고 계셨던 것인지 아닌지, 영웅호걸의 마음속을 범부로서는 헤아리기 어렵습니다만, 이것이 꼭 저의 경망스러운 추측인 것만은 아닌 듯한 느낌이 듭니다.

그러고 보니 만푸쿠마루 님을 베어 죽이라는 명령이 있었을 때 히데요시 공이 여간 당혹스러워하신 게 아니었다고 합니다.

"그렇게 어린 도련님 한 명을 용서하신다고 해서 무슨 일이 있겠습니까? 그보다 아사이 님의 이름을 잇게 하시고 은혜를 베푸시는 편이 도리어 천하가 조용할 수 있는 근본이고, 인도 있고 의도 있는 처분 방식이라 생각합니다."

라며 여러 말씀으로 중재하셨습니다만 노부나가 공께서 듣지를 않으셨으므로,

"그렇다면 부디 이 역할은 다른 사람에게 분부하여 주십시오."

라고 평소와 달리 명령을 거스르셨으므로 노부나가 공은 몹시도 기분이 상하시어,

"네놈이 이번 공적을 믿고 교만하게 구는 것이냐? 쓸데없는 간언을 하고, 게다가 나의 분부를 어기고 다른 사람에게 맡기라니 이게 무슨 짓이더냐!"

라고 엄히 책망을 하셨으므로 맥없이 물러나시고 결국 도련님을 참수하셨다고 들었습니다. 이것저것 꿰어 맞추어 생각을 해 보니, 히데요시 공은 만푸쿠마루 님을 베어 버리고 나중에까지 마님의 원망을 받으실 일이 괴로웠던 것이겠지요. 그것도 평범하게 베어 죽이신 것이 아니라 효수하여 남들에게 보이라는 분부였기 때문에 더욱 그런 것입니다. 이 역할이 선별되고 선별되어 히데요시 공에게 할당된 것을 딱하다고 해야 할까요, 가엾다고 해야 할까요? 훗날 시바타 가쓰이에(柴田勝家) 님과 마님 쟁탈전을 벌이고 사랑에는 패배하셨습니다만, 마침내 가쓰이에 공 부부를 공격하여 물리치시고 평생의 원수가 되신 것도 이때부터의 악연 때문일 것입니다.

당시 도련님의 최후가 마님 귀에는 들어가지 않도록 노부나가 공이 배려하셨으므로 누구 한 사람 말씀드린 자는 없을 터입니다만, 효수까지 되어 모든 사람들의 눈에 보였으니 알게 모르게 세간의 화제를 들으신 것인지, 아니면 어떤 예감을 가지신 것인지, 언제부터인가 모르게 기색을 눈치채시고 틀림없이 고민을 하신 듯 그 후로는 히데요시 공이 오시면 도리어 기분이 좋지 않으신 것 같았습니다. 그러던 어느 날,

"에치젠에서는 그 이후로 아무런 소식도 없는데 우리 아들은 어떻게 된 것인지, 아무튼 꿈자리가 사나워 신경이 쓰입니다."

라며 히데요시 공에게 물으셨고,

"글쎄요. 전혀 모르겠습니다만, 지금 한 번 사신을 내보내시면 어떠실까요?"
라며 공이 집짓 모르는 체하며 말씀을 올리니,

"하지만 그대가 우리 아이를 데리러 갔다고 하지 않았소?"
라고 말씀하셨는데, 조용한 가운데에도 날카로운 목소리였습니다. 몸종들 이야기로는 그때만큼은 얼굴색도 완전히 창백하게 바뀌어 히데요시 공을 매섭게 쏘아보셨다고 합니다. 그런 일 때문에 히데요시 공은 마님 앞에서의 처신이 어려워져서 점점 멀어졌습니다.

한편 노부나가 공은 한동안 여러 지역을 점령하시어 모조리 자기 영토로 추가하시고 장수들에 대한 포상과 항복한 사람에 대한 처치 등을 각각 잘 지시하셨으며, 9월 9일에는 이미 기후 성까지 가서 중양절(重陽節)[105]을 축하하셨습니다. 중양절 연회는 매년 하는 일이지만, 특별히 그때는 다이묘(大名)와 쇼묘(小名)들이 다들 좋은 옷을 갖춰 입고 인사를 하러 와서 말도 안 되게 화려한 의식을 벌이는 모습에 눈을 휘둥그레질 뿐이었다고 소문이 자자했습니다. 마님은 피곤하시다며 한동안 고호쿠에 머무르셨고 아무와도 대면하시지 않은 채 방 안에 틀어박혀 계셨습니다만, 그달 10일경 마침내 비슈(尾州) 기요스(清洲)의 친정으로 돌아가시게 되었습니다. 당시 노부나가 공은 기후의 이나바(稻葉) 산을 본거지 성으로 삼으셨으므로, 마님에게는 한적한 기요스 성 쪽

---

105 중국에서 유래한 명절로 음력 9월 9일이며 국화를 관상하는 행사를 함.

에 계시는 편이 사정상 좋았던 것입니다. 무엇보다 도중에 지쿠부 섬으로 참배를 하시고 싶다고 말씀하셨으므로 하녀들과 저도 함께 수행하겠다고 아뢰고 나가하마에서 배에 올랐습니다. 마침 이부키(伊吹) 산에는 벌써 눈이 쌓여 있었고 호수 위는 한층 더 추웠습니다만, 공기가 맑은 아침이었으므로 산들이 멀고 또 가깝게 선명히 보였을 것입니다. 하녀들은 모두 배의 가장자리에 들러붙어 오랫동안 살았던 곳과의 작별을 아쉬워하며 하늘을 줄지어 날아가는 기러기 울음소리, 오리의 날갯짓에도 눈물을 흘리고, 바람에 일렁이는 갈댓잎의 소리, 파도 사이에 움찔거리는 물고기 모습에도 연민을 품었던 것입니다. 배가 지쿠부 섬의 난바다 쪽에 왔을 때,

"잠시만 여기에서 멈춰 주게."

라고 말씀하시어 일동은 무슨 일인지 이상하게 여기고 있었는데, 이윽고 마님이 뱃머리에 경전 놓는 책상을 고쳐 놓으시며 수면을 향하여 합장을 하시고 조용히 염불을 외신 것은, 아마도 그 부근의 물밑 바닥으로 석탑을 가라앉혔기 때문이었을 겁니다. 마님께서 지쿠부 섬에 가고 싶다는 의지를 보이신 것은 이렇게 하시고 싶은 사정이 있었던 것으로구나, 그때 저희도 알았습니다. 배가 파도치는 사이에 흔들리며 한곳에 떠 있는 동안, 마님은 향을 피우시고 '나무 도쿠쇼지(德勝寺) 님 천영종청(天英宗淸) 대거사(大居士)'라고 마음을 모아 눈을 감으시고 아주 오랫동안 합장을 하고 계셨으므로, 혹시 이대로 배 끝머리에서 몸을 돌리시어 같은 물 밑 바닥의 수초라도 되시려는 것은 아닌가 걱정이 되었습니다. 그래서 곁에 있던 사람들은 마님의 옷자락을 살짝 잡고 있었

121

다고 합니다만, 저에게는 그저 마님 손안에서 굴려지는 염주 소리만이 들렸고 절묘한 향내만이 느껴질 뿐이었습니다.

그로부터 섬에 오르시어 하룻밤 참배하며 머무르시고 이튿날 사와 산으로 건너가시어 하루 이틀 휴식을 취하신 다음, 출발하여 가시는 길 내내 무탈하게 기요스 성으로 안착하셨습니다. 친정에서는 아주 좋은 건물을 마련하시어 맞이하시고 '오다니 마님'이라 부르시며 지극히 소중하게 대하셨으므로 거리낄 게 없는 몸이 되셨지만, 공주님들이 성년이 되시기를 기대하며 아침저녁으로 경전을 외우시는 것 외에는 이렇다 할 일도 없고, 찾아오는 분도 없었으므로 이제 완전히 세상을 버린 사람과 같은 적적한 생활을 하셨습니다. 아무래도 지금까지는 많은 사람들의 눈도 있고 이 일 저 일에 휘둘려 혼란을 겪으신 경우도 많았지만, 이제 밤낮으로 어두침침한 방 안에 틀어박혀 계시며 별일 없이 생활하시니 겨울의 짧은 낮조차도 꽤 길게 느껴졌습니다. 자연스럽게 가슴속에는 돌아가신 나가마사 공의 모습이 떠올라 '이런 일도 있었지, 저런 일도 있었지?' 하고 돌아갈 수 없는 옛날을 그리워하시며 비탄에 잠겨 계셨습니다. 어차피 마님은 무사 가문 출신이시니 어떤 일에도 참을성이 강하셨고, 좀처럼 남에게 자기도 모르게 흐르는 눈물을 보이시는 일도 없었습니다만, 이 무렵에는 곁에서 모시는 사람들이라고는 저희뿐이었으니 긴장하고 계시던 마음도 느긋하게 푸신 것이었겠지요. 이제 진정한 슬픔에 몸을 맡기시고 아무도 없는 방 안에서 무엇을 생각하시며 숨죽여 울고 계시는지, 문득 복도를 지날 때 귀에 들리곤 하여 툭하면 옷소매가 젖는 날이 많은 듯했습니다.

그런 식으로 한 해 두 해는 꿈처럼 흘러갔습니다만, 그러는 사이 울적한 마음을 전환하실 겸 봄에는 벚꽃 놀이, 가을에는 단풍놀이를 권해도,

　　"나는 그만두겠네, 자네들끼리 다녀오게."

라고 말씀하시고 당신께서는 속세간에서 떨어진 생활을 하시며 그저 따님들을 마주하시는 것만이 최소한으로 마음을 쓰시는 일이었으며, 기분 좋으신 웃음소리가 들린 것도 그때뿐이었습니다. 다행히 세 따님들은 모두 건강하게 자라셨고 키도 나날이 자라서 가장 어린 고고 님도 이제 벌써 혼자서 걸음마를 하시거나 짧은 말도 섞어서 하실 수 있게 되었으므로, 그것을 보실 때에도 돌아가신 남편이 살아 있었다면 하고 다시 한탄거리로 삼으셨습니다. 특별히 마님은 만푸쿠마루 님의 최후를 잊지 않으시고 언제까지고 마음 아파하셨습니다만, 아무래도 스스로의 불찰로 자식을 적에게 넘겨 그렇게 가여운 지경이 되었으니, 속인 사람도 원망스럽고 속아 넘어간 자신도 억울하여 좀처럼 체념할 수 없으셨던 것 같습니다. 게다가 후쿠덴지에 맡긴 막내 도련님도 지금은 어떻게 계시는지, 다행히 노부나가 공께선 이 도련님을 잘 모르셨으므로 일단은 도망칠 수 있었지만, 젖먹이 때 헤어진 것을 끝으로 안부를 전혀 듣지 못했으므로 입 밖으로 내시어 말씀하지는 않으셔도 비가 오나 바람이 부나 하루 종일 걱정을 하지 않으실 때가 없었습니다. 그런 일로 따님들을 한층 더 세상에서 가장 귀하게 여기시고 두 도련님의 몫까지 사랑해 주셨습니다.

　　교고쿠 다카쓰구 재상께서는 마침 그때 열서너 살쯤

되셨을까요? 말할 나위도 없겠지만 원래 이분은 아사이 가문 입장에서는 가까운 혈연에 해당하는 고호쿠의 나리이신 사사키 다카히데(佐々木高秀) 공의 유복자입니다. 따라서 원래 이분이야말로 오미 지역의 영주입니다만, 선조인 다카키요(高淸) 님 때에 이부키 산록에 은거하시고 영내에는 아사이 님의 위세가 미치고 있었으므로 이분들은 조용히 지내고 계셨는데, 작년 오다니 성이 함락되었을 때 노부나가 공이 고호쿠에 은혜를 베풀고자 일부러 이 아이를 불러내시어 시동으로 거두신 것입니다. 나중에 덴쇼 10년(1582년) 6월 고레토(惟任) 휴가 수령의 반역에 가담하여 아쓰지 만고로(安土万五郞) 무리들과 나가하마의 성을 공격하셨고, 또한 게이초(慶長) 5년(1600년) 9월 세키가하라(關が原) 전투 때에는 오사카 쪽에 배반을 하시고 오쓰(大津)에서 농성하시며 겨우 삼천 명을 데리고 만오천 명의 공세를 막아 내신 것도 이분입니다만, 아직 그 무렵에는 그처럼 사리에 거스르는 고집은 보이지 않았습니다. 나이로 보자면 한창 장난칠 나이셨습니다만, 귀인으로 태어나신 터라 어릴 적부터 그늘에 가린 사람처럼 자라셔서 어딘가 마음 불안하고 가여운 모습을 비치셨고, 어전에 나가도 말수가 적고 얌전하게 계셨으므로 저같이 앞이 안 보이는 자는 계신지 안 계신지도 모를 정도였습니다. 무엇보다 이 도련님의 어머니가 나가마사 공의 누이였으므로, 아가씨들과는 사촌지간이고 마님은 외숙모가 되십니다. 그래서 만푸쿠마루 님을 그리워하는 마음에 이 도련님을 어여삐 여기시어,

"내가 어머니를 대신해 주마. 일이 없을 때에는 언제고

이리로 놀러 오거라."

라고 말씀하시고 정을 쏟아 주시며

"저 아이는 아무 말 않고 있지만 속 깊은 면이 있어, 틀림없이 영특할 게야."

라고 칭찬하셨습니다. 그렇습니다. 오하쓰 아가씨와 혼인을 하신 것은 그로부터 칠팔 년 뒤의 일이니, 당시에는 아가씨도 어리셨으므로 그런 이야기는 없었습니다. 하지만 이 도련님은 오하쓰 님보다 오차차 님께 남몰래 마음을 품고 계셨고 아닌 척 얼굴을 훔쳐보러 오시거나 하셨던 겁니다. 물론 그것을 알아차린 사람은 아무도 없습니다만, 아이면서도 어른처럼 차분하시고 입을 꾹 다물고 계시며 언제까지고 어전에서 가만히 대기하고 계셨던 것은 무언가 생각이 있어서였던 것으로 보입니다. 그렇지 않다면 특별히 재미있는 일도 없는데 종종 이리로 오시어 심심한데도 가만히 앉아 계실 이유가 없었겠지요. 저만은 왠지 모르게 이상하게 느껴져서 어렴풋이 눈치채고 있었으므로,

"저 도련님 오차차 님에게 눈독을 들이고 있는 것 같아."

라고 하인들에게 귀엣말을 한 적이 있습니다만, 장님의 비뚤어진 생각이라는 말을 들으며 모두에게 비웃음을 당하고 진지하게 들어주는 분은 없었습니다.

그런데 마님이 기요스에 계시는 동안, 즉 오다니 성이 함락된 것이 덴쇼 원년(1573년) 가을의 일이고 그로부터 노부나가 공이 서거하신 해의 가을 무렵까지지니까 햇수로 십 년, 대충 만 구 년의 세월이 됩니다. 실로 세월이 쏜살같다고 하나요? 지나고 보면 정말 그렇습니다만 천하의 동란을 곁

눈으로 흘려 보시고 언제 어디에서 전투가 있었는지도 모르는 듯 조용히 숨죽인 생활을 하셨으니 구 년이라는 세월은 상당한 것입니다. 그러므로 마님도 이전과 달리 점차 슬픔을 잊으시고 무료하실 때에는 다시 거문고 같은 것으로 심심함을 달래시게 되었습니다. 마침 저도 좋아하는 일이고 마님의 기분도 전환될 만한 일이라서 모시는 틈틈이 창가(唱歌)나 샤미센 연습을 열심히 하여 기량을 연마하고 더욱 마님의 마음에 들고자 노력했습니다. 창가라고 하면 류타쓰(龍達) 가락[106]이라는 노래가 유행한 것이 분명 그 무렵이어서,

> 한데 한데 그대는
> 서린가 싸락눈인가 첫눈이런가
> 꼭 안고 자는 밤이
> 점차 사라져 가네

라고 하는 것이나 또는,

> 질투하는 마음에
> 베개 던지지 마오
> 던지지 마오 베개
> 잘못 전혀 없으니

---

106 1600년을 전후하여 사카이(堺)의 다카사부 류타쓰(高三隆達)가 창시한 가요. 반주와 함께 유행하였으며 에도 시대의 유행가 고우타(小歌)의 시조 격.

라고 하는 노래도 있고, 제일 재미있는 구절을 지닌 노래로
는,

　　허리띠 주었더니
　　써서 오래된 띠라
　　비난하시는구려
　　띠가 써서 오래된 거면
　　그대 살도 써서 오래된 게지.

같은 노래도 여러분들에게 불러 들려 드린 적이 자주 있습
니다. 최근에는 이 류타쓰 가락도 시들해졌습니다만, 한때
는 그것이 지금의 로사이(弄齋) 가락[107]처럼 크게 퍼져서 상
하 귀천을 막론하고 불렸습니다. 히데요시 다이코 전하가
후시미(伏見) 성에서 노(能)를 관람하셨을 때 류다쓰 가락을
부르는 사람을 불러들여 무대에서 노래하게 하셨고, 유사이
(幽齋) 공이 그에 맞추어 작은 북을 치셨습니다. 제가 기요스
에 있을 때가 이제 막 그 노래가 유행하기 시작할 무렵이어
서 처음에는 기껏해야 몸종들의 심심풀이 정도였습니다. 그
래서 부채로 박자를 맞추며 작은 목소리로 살짝 부르고 가
락을 가르쳐 주거나 했습니다만, 하녀들은 지금 말씀드릴
재미난 구절의 노래를 좋아하여 그 노래를 불러 달라고 하
고는 깔깔대며 웃어 댔으니 어느새 마님 귀에도 들어가,

107　에도 시대에 유행한 가요의 일종. 성립 시기에 관해서는 설이 분분하나 로
　　사이(籠齋)라는 사람이 류타쓰 가락을 익힌 다음, 이를 모방하여 만든 유행
　　가요에서 유래했다고 보는 것이 일반적.

"나에게도 노래를 들려주게나."
라고 말씀하시는 것이었습니다.

　　"이것은 마님 같은 분께 들려 드릴 만한 노래가 도무지
아니어서."
라고 사퇴를 하여도,

　　"어서 불러 보라니까."
하고 고집을 부리시어 그 후로는 종종 마님 앞에 나가 노래
를 부르곤 했습니다. '정취 있게도 봄비 내리네, 꽃 지지 않
을 만큼만 내리렴.'이라는 구절을 아주 좋아하시어 이 노래
를 항상 부르라고 하시므로 분위기가 들뜬 노래보다는 차
분히 가라앉은 애절함 깊은 노래를 좋아하시는 듯했습니다.
제가 자주 들려 드린 것은,

　　　겨울비나 눈이나
　　　이따금씩 내리네
　　　그대 때문에 눈물
　　　항상 흘러넘치고

라든가,

　　　연모한다는
　　　기색을 남들에게
　　　알리지 마오
　　　연모 않는 척하며
　　　나 잊지 마오.

같은 노래입니다. 이 두 노래의 구절이 왠지 제 마음속과 통한 탓인지, 이 노래를 열심히 부를 때는 배 속부터 이상한 힘이 솟아올라 저절로 곡조도 세밀해지고 목소리마저 한층 멋을 발했으므로 들어주시는 분도 항상 감동하셨습니다. 저 또한 제 노래가 절묘한 데에 스스로 반해 마음속 응어리가 잠시나마 걷히는 것이었습니다. 게다가 저는 샤미센 곡을 생각하여 구절 사이에 재미있는 합주 방식을 더해 곡을 한층 정감 깊게 만들었습니다. 이런 말씀을 드리면 왠지 제 자랑을 하는 것 같기는 합니다만, 이러한 노래에 샤미센을 맞추어 연주하는 것은 제가 한 장난이 시초였고, 앞서 말씀드렸다시피 당시에는 북으로 박자를 맞추는 것이 보통이었습니다.

어쨌든 이야기가 유예(遊芸) 쪽으로 흘러간 듯합니다만, 제가 항상 생각하기로는 태생적으로 음성이 아름답고 노래를 맛깔나게 부를 수 있는 사람은 더할 나위 없이 행복하리라 여겨집니다. 류타쓰 가락을 부르는 분도 원래는 사카이(堺)의 약장수였는데 노래를 잘해서 히데요시 전하의 부름을 받고 유사이 공에게 북을 치게 하여 당대에 이름을 날리게 되었지요. 원래 그분은 스스로 한 유파를 만드실 만큼의 명인이고 그에 비한다면 저 같은 것은 이름도 내밀지 못할 존재이지만, 기요스 성에서 십 년의 세월을 지내는 동안 밤낮으로 마님의 곁을 떠나지 않으며 달과 눈과 꽃이 절정일 때마다 풍류 상대가 되어 드리고 여간 아닌 은혜를 입으며 약간은 음곡을 연마하게 되었습니다. 사람의 소원이란 여러 가지라 무엇이 최고의 과보(果報)라고는 말할 수 없는 법이라, 저 같은 신세를 가엾게 여겨 주시는 분도 계시겠지만 제 입장에서는 그 십 년 동안만큼 즐거웠던 적은 없었습니다. 그래서 류타쓰 가락을 부르시는 분을 그리 부럽다고 여기지도 않습니다. 그것이 어떤 연유인가 하면 어떤 때는 마님의 거문고에 맞추어 샤미센의 비술(祕術)을 다 하여 연주하기도 하고, 어떤 때는 청하신 노래를 들으시고 가슴속 울적함을 달래시며 늘 저를 칭찬해 주시니, 히데요시 전하의 칭찬을 듣는 것보다 훨씬 만족스러웠기 때문이지요. 이 것도 다 장님으로 태어난 덕분이라 생각하니 이 나이가 되도록 제 불구를 아쉬워한 적은 한 번도 없습니다.

세간 속담에 '개미의 속마음이라도 하늘까지 닿는다.' 라고 하던가요? 덧없는 장님 안마사라도 충정심은 남들과 다름없으니, 조금이라도 마님 마음의 노고가 덜어지도록 정성을 다하고 마음 편하게 생활하실 수 있도록 성심을 담아 모시며 신불들에게 기원을 드렸기 때문인지, 아니 꼭 그 때문만도 아니겠습니다만, 한때는 너무도 야위셨는데 그 무렵 마님은 점차 살이 붙으셔서 다시 어느샌가 예전처럼 싱그러 워지셨습니다. 친정에 돌아오셨을 당시에는 어깨뼈와 가장 위의 늑골 사이가 움푹 들어가고 그 골이 깊어지며 목둘레도 절반 정도가 될 만큼 야위어 가실 뿐이어서 안마 치료를 부탁하실 때마다 눈물이 앞을 가렸습니다만, 삼 년째 사 년째 무렵부터는 다행히도 날마다 달마다 아주 조금씩 살이 붙으시더니 칠팔 년째에는 오다니에 계실 무렵보다도 우아하게 윤기가 나셔서, 도저히 다섯 아이를 낳은 분으로는 여겨지지 않을 정도였습니다. 몸종들에게 물어보면 동그라시던 얼굴이 한때 갸름해졌다가 다시금 뺨 언저리에 동그스름하게 아랫볼 살이 오르셨고, 거기에 귀밑머리가 한두 가닥 늘어진 모습은 어디 비할 바도 없이 아름다워서 여자들조차 반할 지경이라고 했습니다. 살결이 새하야신 것은 원래 천품으로 타고나신 바이지만, 오랜 세월 동안 햇빛이 들지 않는 규방 안에서 얼음 아래 잠자는 눈처럼 틀어박혀 지내셨으니 어떤 때는 마치 투명하게 비칠 것만 같아 해 질 녘 어두운 곳에서 생각에라도 잠겨 계시면 그 얼굴빛이 창백해서 소름이 끼치고 모골이 송연하게 느껴졌다고 합니다. 저 같은 사람도 마님 피부가 얼마나 하야신지는 사람들 소문을 듣지 않더라도 알고 있었습니다. 무엇보다 감이 좋은 장님에게 사물의 형체는 대략 손 감촉만으로도 알 수 있는 법인데, 같은 흰 살결이라고 해도 신분 높은 분의 흰 살결이 더 각별합니다. 하물며 마님은 서른 가까이 되시고 나이를 드심에 따라 미모가 더욱 빛을 발하여 얼굴도 점점 아름다워지시고 이슬이라도 떨어질 듯한 흑발, 연꽃과도 같은 외양, 거기에 통통하게 살이 오르신 몸매의 낭창낭창함과 요염함으로 말할 것 같으면 부드러운 비단옷이 사르르 미끄러져 내릴 것 같았으며, 살결은 젊을 때보다 한층 곱고 매끄러워지셨습니다. 그렇다고는 해도 이 정도나 되시는 분이 일찍이 남편을 여의고 감출 수 없는 색향을 숨긴 채 무미건조하게 홀로 잠들고 꿈꾸기를 거듭하신다니 이게 웬일입니까? 깊은 산의 꽃은 들꽃보다도 향이 깊다고 합니다만, 봄엔 마당에 와서 우짖는 꾀꼬리, 가을에는 산릉선에 기우는 달빛 외에는 보실 것도 없는, 옥구슬 포렴이 드리워진 규방 안의 모습을 아는 사람이 만일 있다면, 히데요시 공이 아니더라도 번뇌의 불꽃을 태웠을 테지만, 어쨌든 이 세상의 순리와 만남이란 이러한 것입니다.

그런 식으로 그 무렵 마님은 꽃피는 봄이 다시금 돌아오기를 바라는 기색도 보이셨습니다만, 역시 옛날 괴로웠던 일이나 억울했던 일들을 깨끗이 잊지는 않으셨던 모양입니다. 이렇게 말씀드리는 것은 그런 일이 그 전에도 그 후에도 없이 오로지 딱 한 번 있었기 때문입니다만, 어느 날 안마 치료를 하면서 이야기 상대를 해 드리고 있을 때 생각지도 못한 말씀을 들은 적이 있었습니다. 그날은 처음부터 평소와 달리 기분이 좋아 보이시어 오다니 성에서 지내시던 때의 일이나 나가마사 공에 관한 일, 그 밖에 여러 가지 옛일들을 떠올리시며 말씀을 하셨는데, 그러던 차에 일 년 동안 사와 산의 성에 계시면서 노부나가 공과 나가마사 공이 처음 대면하셨을 때의 이야기를 들려주셨습니다. 그것은 마님이 결혼을 하시고 나서 얼마 지나지 않았을 때의 일로 대략 에이로쿠(永祿) 무렵(1558~1570년)이었을 것입니다. 당시 사와 산은 아사이 님의 영토였고 노부나가 공이 미노 지역에서 오셨으므로 나가마사 공은 스리하리(摺針) 고개까지 마중을 나가셨는데, 곧 성으로 안내하셨지요. 그리고 첫 대면 인사를 한 다음, 정성껏 좋은 것과 아름다운 것을 다해 극진히 대접하셨습니다. 그런데 다음 날,

"지금 당장 천하의 중대한 일을 앞두고 이리저리 시간을 소요하는 것도 마땅치 않으니 이번에는 내가 이 성을 빌려서 주인 역할을 하며 보답을 하지."

라며 노부나가 공이 말씀을 꺼내셔서 나가마사 공과 아버지 히사마사 공을 같은 성에서 대접하시기에 이르렀는데, 오다

님이 주신 사례품에는 이치몬지(一文字) 유파 소키치(宗吉)의 큰 칼을 비롯하여 어마어마한 금자, 은자의 마대(馬代)를 하인들에게까지 내려 주셨고, 아사이 님이 내놓으신 답례품에는 가문 대대로 내려오는 비젠 가네미쓰(兼光)[108]의 도검, 데이카(定家)[109] 경이 후지카와(藤川)에서 쓰신 오미 명소를 나열한 가서(歌書), 그 밖에도 붉은 털의 말, 오미 면 등 굉장한 물품들을 갖추시어 수행하신 분들에게까지 각각 새로 벼린 대도와 작은 칼을 선물하셨습니다. 또한 마님도 오랜만에 오라버니를 대면하시는 것이었고, 게다가 오다니에서 오셨으므로 노부나가 공의 기쁨은 이만저만이 아니었기에, 아사이 님의 노신들을 앞으로 부르시어,

"모두 들어라. 자네들의 주인인 비젠의 수령이 이렇게 우리 가문의 사위가 된 이상 일본의 온 땅에는 두 가문의 깃발이 나부낄 것이다. 그러니 그런 각오로 앞으로 분골쇄신해 준다면 틀림없이 너희를 각각 다이묘로 만들어 주겠노라."

라고 말씀하시고 하루 종일 주연을 벌이셨으며 밤에는 세 분이서 돈독하게 안방으로 들어가시어 연속 열흘 남짓이나 체재하셨습니다. 그러는 동안 음식 대접으로는 사와 산 포구에 큰 그물을 내려 잉어며 붕어며 호수의 물고기를 수도 없이 잡아서 상에 올려 드렸으니, 이것도 그 취향에 딱 맞아 미노 지역에서는 도저히 볼 수 없는 명물이었던 까닭에 돌아가는

---

108 14세기 무렵 비젠(備前)에서 활약한 이름난 도공(刀工).

109 후지와라노 데이카(藤原定家, 1162~1241): 『신코킨와카슈(新古今和歌集)』의 대표 편자로, 화려하고 요염한 와카와 이론으로 시대를 풍미한 당대 최고의 가인(歌人).

길에 꼭 선물로 받아 가져가고 싶다고 말씀하셨습니다. 그리고 마침내 돌아가시기 전날, 이별을 아쉬워하는 주연이 다시 벌어져 아주 기분 좋으신 상태로 출발하셨다는 것입니다.

"그때는 오라버니와 남편도 정말 사이가 좋은 듯 싱글벙글하셨고 나도 얼마나 기뻤는지 모른다네."

라며 그런 이야기를 상세하게 하시고,

"생각하면 그 열흘 정도의 시간이, 내가 가장 행복했던 때였어. 어쨌든 평생 동안 즐거운 한때란 그렇게 많지 않은 모양인가 보네."

라고 말씀하시는 것이었습니다. 그러므로 그때는 마님은 말할 것도 없이 가신들도 두 집안이 불화를 일으키리라고는 생각지도 못하고 모두들 천추만세를 축하했던 것입니다만, 나가마사 공이 가네미쓰의 대도를 답례품으로 정하신 것을 두고 나중에 이러쿵저러쿵 말하는 자들이 있었다고 합니다. 그것이 왜인고 하니, 이 대도가 선조이신 스케마사 공께서 비밀리에 소장하셔서 온 무기였던 까닭에, 아무리 중요한 축하 자리라고 해도 그런 대대로 내려오는 보물을 다른 집에 줘 버리는 법도란 없는데, 그렇게 해 버린 것이 아사이 가문이 오다 님에게 멸망당하게 될 전조였다는 것이지요. 하지만 앞뒤 사정은 갖다 붙이기 나름입니다. 나가마사 공이 그 정도나 되는 물품을 선물하신 것은 결국 마님이나 매형을 여간 소중히 여기셨던 게 아니었기 때문이었습니다. 그 때문에 가문이 멸망했다니, 그것은 세간에서 잘 모르는데도 떠벌리는 사람들이 우연한 결과만 보고 그런 식으로 말하고 싶어 한 것이 아니겠습니까? 제가 그렇게 말씀드리니,

"그것은 자네가 말한 대로일세."

라며 마님도 수긍하시고,

"처남이 되고 매형이 되면서 멸망시키는 것이나 멸망 당하는 것, 그런 걸 신경 쓰는 쪽이 잘못된 거지. 오라버니 만 하더라도 스스로 적의 땅인지 아군의 땅인지도 모르는 땅을 지나시며 적은 인원으로 멀리 미노 땅에서 오신다는 게 쉬운 일이 아니었으니까. 그 뜻에 따라 남편이 그 정도 답례 선물을 해 드린 것은 평소의 의리에 비추어 당연한 일 이라고 생각해."

라고 하시며 다시 말씀하시기를,

"그래도 많은 가신들 중에는 마음가짐이 틀려먹은 자 도 있지. 분명 엔도 기에몬노조(遠藤喜右衛門尉)라는 자였 지? 그때 우리가 오다니로 돌아가자 나중에 말을 타고 쫓아 와서 '오늘 밤 오다 님이 가시와바라에서 하룻밤 머무십니 다. 마침 좋은 기회이니 토벌하시고 끝내 버리십시오.'라고 나에게는 비밀로 하고 남편에게만 살짝 귀엣말을 한 적이 있었다네. 어리석은 짓을 하는 놈이라고 남편은 웃으시고 거론하지 않으셨지만."

이라고 그런 이야기를 하셨습니다.

그때 나가마사 공은 스리하리 고개까지 전송하시고 거 기에서 작별하시며 엔도 기에몬노조, 아사이 누이노스케, 나카지마 구로지로 이 세 사람에게 가시와바라까지 노부나 가 공을 수행하게끔 명령하셨습니다. 오다 님은 가시와바라 에 도착하시자 숙소 조보다이인(常菩提院)으로 들어가시고, 여기는 나가마사의 영토니 조금도 걱정할 게 없다고 말씀하시며 말을 돌보는 호위 무사들을 마을 쪽에 맡기시고 가까이 모시는 사람과 당번 역할을 하는 자만 옆에 두셨습니다. 엔도 님이 그 모습을 보고 갑자기 태도를 바꾸어 말에 채찍을 휘두르고 양쪽 등자를 박차 오다니로 달려와서는 사람들을 피해 나가마사 공에게 아뢰기를,

"제가 자세히 노부나가 공의 용태를 살피니 모든 일에 신경을 쓰시는 것이 원숭이가 나뭇가지를 타고 가는 듯하고, 영리하시기로는 거울에 모습이 비추는 듯 분명하여 정말 두려운 장수이신 까닭에, 도저히 이후에 주군과의 사이가 좋게 갈 리 없어 보입니다. 오늘 밤 노부나가 공이 마음을 완전히 놓고 계시고 숙소에는 겨우 열네댓 명의 사람이 있을 뿐이니 지금 토벌하시는 것이 필시 현명한 행동이라 사료됩니다. 서둘러 결심하시고 사람들을 내보내시어 오다 님 무리들을 모조리 죽이고 기후로 난입하신다면, 미노와 오슈(尾州)는 즉시 손에 넣을 수 있습니다. 그 기세로 고난의 사사키를 물리치고 도읍에 깃발을 올리시어 미요시(三好)까지 정벌하신다면 천하를 지배하시는 건 눈 깜박할 사이의 일일 것입니다."
라며 집요하게 설득했다고 합니다. 그때 나가마사 공이 말씀하시기를,

"무릇 무장에게는 마음가짐이라는 것이 있다. 계략을 가지고 토벌하는 것은 좋지만 이쪽을 믿고 온 사람들을 속여 토벌하는 것은 도리가 아니다. 노부나가 님이 지금 마음을 놓고 내 영토에 머물고 있는데, 그 방심을 틈타 공격하여 들어가 죽인다면 설령 일단의 이득이 있어도 결국에는 하늘의 책망을 받을 것이다. 토벌하려면 지난번 사와 산에서도

토벌할 수 있었지만, 나는 그런 의리에서 벗어난 짓은 싫다."
라고 말씀하시며 아무래도 움직이지 않으셨으므로 엔도 님도,

"그러시다면 어쩔 도리가 없습니다만 나중에 반드시 후회하실 때가 올 겁니다."
라고 아뢰고 다시 가시와바라로 돌아가 아무렇지도 않은 양 대접을 해 드린 다음, 이튿날 무사히 세키가하라까지 배웅하셨다고 했습니다. 마님은 이러한 경위를 상세히 들려 주시고는,

"하지만 엔도가 말한 내용에도, 지금 생각해 보니 그럴듯한 맥락이 있었던 것으로 보이네."
라고 말씀하시는 것이었습니다만, 그때 문득 목소리가 떨리며 이상하게 들렸으므로 무언가 저로서도 화들짝 놀라 쭈뼛거리고 있으니,

"한쪽이 아무리 의리를 내세워도 한쪽이 의리를 지켜주지 않는다면 아무 일도 되지 않지. 천하를 손에 넣으려면 축생보다 못한 짓을 해야 하는 걸까?"
라며 혼잣말처럼 말씀하시고는 그것을 끝으로 가만히 숨소리마저 참고 계시는 게 아니겠습니까? 저는 이거 큰일이군 싶어서 어깨를 주무르던 손을 잠시 쉬고,

"외람된 말씀이지만 이해가 됩니다."
라고 저도 모르게 몸을 숙였습니다. 그러자 마님은 이미 아무 일도 없었다는 듯이,

"수고했네."
라고 말씀하시고,

"괜찮으니 저쪽으로 가 주게나."

라는 말씀을 내리셨으므로 서둘러 다른 방으로 물러났습니다만, 그때 금세 훌쩍이시는 소리가 맹장지 문 건너편에서 들렸습니다. 조금 전까지만 해도 기분이 좋으셨는데 어느새 기색이 변하시어 이와 같은 말씀을 하시다니 어찌 된 일일까요? 처음에는 그저 그리운 옛날이야기를 하시다가 거기에 점점 감정이 이입되어 떠올리지 않아도 되는 일들까지 떠올리신 것일까요? 저같이 미천한 봉공인 따위에게 심중을 털어놓는 분이 아닌데, 계속해서 가슴속 깊이 담아 두시고 지내시다가 스스로도 생각지 못한 때에 불쑥 입 밖으로 나온 것일지도 모르겠습니다. 하지만 오다니에서 지내시던 무렵을 십 년 가까이 지난 시점에서도 잊지 못하시고 이렇게 강하게 마음속에 두고 계시며, 특히 오라버니 노부나가 공에게 그렇게나 증오를 품고 계신 줄은 몰랐습니다. 남편을 잃고 자식을 잃은 여인의 원한은 역시 이런 것이었나, 저는 그런 것을 처음 알게 되어 안타까움과 두려움에 그 후로 한동안 몸의 떨림이 멈추지 않았을 정도입니다.

그 밖에도 기요스에 계셨을 적의 추억담이 여러 가지 있습니다만 너무 구구절절 장황하니 이 정도로 해 두고, 그 이후 노부나가 공의 생각지 못한 죽음을 계기로 마님이 다시 결혼을 하시게 된 사정을 말씀드리겠습니다. 무엇보다 노부나가 공이 서거하신 일은 특별히 말씀드리지 않더라도 잘 알고 계실 것입니다. 그 혼노지의 야간 토벌이 있었던 때는 덴쇼 10년(1582년) 임오년 6월 2일. 어찌 되었든 그러한 변고가 일어나리라고는 누구 한 사람 꿈에도 몰랐을 것입니다. 게다가 자제분 조노스케(城介) 님까지 같은 니조(二條)의 어소에서 아케치(明智) 병사들에게 둘러싸여 할복하셨으니, 부자가 함께 타계하신 것을 알게 되었을 때에는 정말 이 세상이 뒤집어질 정도로 소란스러웠습니다. 마침 차남이신 기타바타케(北畠) 중장님은 세이슈(勢州)에 계시고, 삼남 산시치(三七) 님은 니와(丹羽) 고로자에몬 님과 함께 이즈미(泉)의 사카이에 계셨으며, 시바타와 하시바 같은 분들도 각각 멀리 출진하시어 아즈치(安土)의 성에는 가모 우효에다유(蒲生右兵衛太夫) 님이 얼마 안 되는 인원으로 오다 마님과 주위 여자분들을 지키고 계셨습니다. 그래서 아무것도 얺지 못한 말에 시종을 태우고 성 아래로 널리 알리고 다니기를,

"소란 떨지 마라, 소란 떨지 마라."

라고 진정시키며 돌아다니게 했지만, 성 아래 마을 사람들은 지금이라도 아케치가 공격해 올 거라며 울고불고 소리치며 당황하였습니다. 우효에다유 님도 처음에는 아즈치에서 농성하실 각오를 하셨지만 그곳이 불안하다고 생각하셨는지 다시 갑자기 태도를 바꾸어 마님과 여자 관리들을 서둘러 데리고 자신의 성인 히노타니(日野谷)로 피하셨습니다. 그것이 3일 묘시였다고 하며, 5일에는 이미 휴가 수령이 아즈치로 와서 손쉽게 성을 타고 올라와 그대로 남아 있던 상당한 도구류와 금은·보물들을 모조리 자기 것으로 삼고, 가신들에게도 나누어 주었다는 소문이 있었습니다. 아즈치가 그런 식이었으니 기후에서든 기요스에서든 이제 곧 아케치가 들이닥치지는 않을까 땅과 하늘이 뒤집어질 듯 소동이 벌어진 차에 마에다 겐이사이(前田玄以齋) 님이 기후의 성에서 조노스케 님의 마님과 히데노부(秀信) 도련님을 데리고 기요스

로 도망쳐 오셨습니다. 이 히데노부 도련님이 노부나가 공의 적손에 해당하시며 나중에 주나곤(中納言) 님이 되시는데, 당시에는 산보시(三法師) 님이라고 하여 겨우 세 살이 되셨고 어머니와 이나바 산의 성에 계셨습니다만, 기후에 그냥 있으면 위험하니 빨리 기요스로 도망칠 수 있도록 조노스케 님이 자결하시면서 겐이사이 님에게 유언을 남기셨으므로 겐이사이 님은 즉시 도성을 빠져나와 기후로 가서 직접 도련님을 안고 도망쳐 나오신 것입니다. 그러는 사이에 아케치의 군세는 사와 산 나가하마의 여러 성을 함락시키고 고슈 지역 일대를 점령하며 가모 님이 농성하시는 히노 성으로 공격해 들어왔습니다. 세이슈로부터는 기타바타케 중장님이 그들을 구하고자 생각하시어 오미 길로 치고 나오셨는데, 도중에 여기저기에서 봉기가 일어나 좀처럼 나아갈 수가 없었으므로 한때는 정말 어떻게 될지 앞이 캄캄했습니다만, 이윽고 산시치 노부타카 공과 고로자에몬노조 님이 세력을 합하여 오사카로 올라가셨고, 휴가 수령의 사위 오다 시치효에(織田七兵衛) 님을 토벌했다는 소식이 들려왔습니다. 휴가 수령도 그 소식을 듣자 히노를 아케치의 사위 야헤이지(弥平次)에게 맡기고 10일에 사카모토(坂本)로 진을 되돌렸으며, 13일에 야마자키 전투, 14일에는 히데요시 공이 미이데라(三井寺)로 착진하시어 휴가 수령의 수급과 자결한 몸을 맞붙여서 아와타구치(粟田口)에서 책형(磔刑)에 처하셨습니다. 그 승전의 소문 또한 대단해서 이 전투에는 산시치 님, 고로자에몬 님, 기의 수령 이케다 님과 같은 면면들이 히데요시 공과 힘을 합하여 공격하였는데, 그중에서도 히데요시 공은 모리(毛利) 군

세와의 중재를 서둘러 결착 짓고 11일 아침에는 아마가사키(尼ヶ崎)에 도착하셨고, 그 진퇴의 전술이 신속해서 마치 귀신도 속일 만큼 빨랐습니다. 휴가 수령은 처음에 그것을 전혀 모르고 야마자키에 진을 쳤는데, 나중에 히데요시 공이 착진했다는 소식을 듣고 당황하여 인원을 늘렸다고 합니다. 이런 경위로 자연히 히데요시 공이 총대장이 되어 이후 신속히 승부가 결정 났으니, 갑자기 위세가 등등해지셔서 일파 중에 어깨를 나란히 할 자가 없게 된 것이지요.

기요스 성에도 속속 도읍 쪽에서 소식이 도착하자 이제 어쨌든 안심이라며 모두 기뻐하였습니다만, 그러는 중에 은공을 세운 다이묘, 쇼묘들이 점차 몰려들어 왔습니다. 그때 아즈치 성은 아케치 잔당들이 불을 질러 태워 버렸고 기후에는 아무도 안 계셨으며, 뭐니 뭐니 해도 기요스가 원래 본성이다 보니 산보시 도련님도 계셨기 때문에 일단은 누구라도 이곳으로 인사하러 왔습니다. 특히 슈리노스케 가쓰이에 공은 엣추(越中) 바깥에서 혼노지의 변고를 들으시고 가게카쓰 공과 화평을 맺고 서둘러 복수전을 위해 도읍으로 올라가셨는데, 벌써 휴가 수령이 전사했다는 소식을 야나가세(柳ヶ瀨)에서 들으시고는 즉시 이쪽으로 오셨습니다. 그 밖에 기타바타케 노부카쓰 공, 산시치 노부타카 공, 니와 고로자에몬노조 님 등이 16일 무렵까지 모두 모이셨고, 히데요시 공도 교토에서 돌아가신 주군의 뼈를 주워 일단 나가하마의 본래 영토에 들르셨다가 곧 오셨습니다. 노부나가 공이 살아 계실 때는 기요스에서 기후, 기후에서 아즈치로 본성을 옮기시어 좀처럼 이쪽으로 돌아오시는 일도 없으셨고, 오랫동안

고요했던 곳이었으므로 이렇게 공이 혁혁한 가신들이 다 모이신 것은 정말 오래간만이었습니다. 게다가 시바타 님을 비롯해 돌아가신 주군과 함께 고생을 하신 옛 신하분들이 지금은 모두 한 지역과 한 성의 주인이 되어 많게는 여러 지방을 다스리는 대(大)다이묘가 되셨으므로 화려하게 치장하고 끝도 없이 멋진 행렬을 따르게 하셨습니다. 그렇게 많은 분들이 도착하시자 성 아래가 갑자기 혼잡해지면서 조용하게 지내던 저희들에게도 무언가 든든한 느낌이 들었습니다.

그런데 성안에서는 18일부터 넓은 응접실에 모이시어 전투에 대한 평결이 열렸습니다만, 자세한 것은 잘 몰라도 돌아가신 주군의 후사와 상속 문제, 몰수한 지역의 처리에 관한 논의 같았습니다. 그것이 아무래도 각자의 생각이 다르기도 하여 좀처럼 결착이 나지 않았기에 연일 밤늦게까지 모이셔서 때로는 말다툼과 싸움에 이르기도 했다고 합니다. 순리대로 이야기하자면 산보시 도련님이 적류이지만, 너무 어리시기도 하셨으므로 당분간은 기타바타케 님을 후계자로 앉히자고 말씀하시는 분들도 있었고, 그런 일들로 이러쿵저러쿵 일이 어려워진 것입니다. 결국 가문 상속은 산보시 도련님 앞으로 결정되었습니다만 시바타 님과 히데요시 님의 의견이 처음부터 잘 절충되지 않아 사사건건 다투셨던 모양입니다. 이렇게 말씀드리는 이유는 히데요시 공을 이번 공로의 제일인자로 내밀히 마음을 모아 주시는 분들이 계셨지만, 가쓰이에 공이 가문의 장로로서 주군의 형제자매들을 제외하고는 가장 상석에 오르시어 열석해 앉은 무리에게 모든 방면에서 위세를 떨치셨기 때문입니다. 특히 영지 할당에 관해서는 가쓰이에 공이 임의로 결정하시어 히데요시 공에게 단바(丹波) 지역을 주시고, 자기는 본래 히데요시 공의 영토인 고슈 나가하마 육만 석의 땅을 취하신 것이 쌍방의 원한을 깊게 한 원인이 되었다고 합니다. 하지만 이것은 겉으로 보이는 일일 뿐이고 실상은 두 분이 모두 오다니 마님께 연심을 품고 계시어 얼른 자기 손에 넣고자 하신 것이 일의 발단이라고 생각합니다.

이보다 먼저 가쓰이에 공은 기요스에 도착하시자마자 마님을 접견하시고 정성스러운 인사를 드린 다음, 산시치 님에게 내밀하게 무언가 부탁을 하신 듯 보였고, 어느 날 산시치 님이 마님 계신 곳으로 가서서 가쓰이에 공과의 재혼 의례를 권하신 모양이었습니다. 마님도 그 점에 있어서는 아무래도 오라버니에게 의존하고 계셨던 까닭에, 마음속 깊게는 미운 마음도 지니고 계셨지만, 역시 오라버니가 돌아가신 지금에 와서는 여간 한탄을 하신 게 아니라 옛날 원한도 잊고 오로지 회향만 열심히 하셨습니다. 그때 앞으로 자기 신세야 어찌 되든 세 아가씨들의 앞날만을 생각하시니, 누구에게 의지해야 좋을지 망설여지셨겠지요. 그렇다면 가쓰이에 공의 얕지 않은 마음을 들으시고 좋게 생각하셨던 것일까요? 좋게까지는 아니더라도 아주 싫지는 않으셨던 모양이기는 했는데, 그것이 한편으로는 나가마사 님에게 정조를 지키고 싶은 마음, 또 한편으로는 오다니 성주의 아내였는데 오다 가문의 신하에게 다시 시집을 가신다는 불편한 마음도 있으시어 당장 어찌해야 할지 분별이 가지 않으셨던 차에, 얼마 지나지 않아 히데요시 공으로부터도 똑같이 연심을 고백받으신 모양이었습니다. 그쪽은 어느 분이 중매를 하셨는지 정확하지는 않지만 아마도 기타바타케 중장님 정도셨을까요? 어찌 되었든 기타바타케 님은 산시치 님과 이복형제이셨으므로 어느 쪽이나 주군과 형제뻘이면서 썩 반갑지는 않은 사이였습니다. 그래서 한쪽이 가쓰이에 공의 편을 들자 또 한쪽이 히데요시 공의 뒤를 밀어주게 되신 겁니다. 더 깊은 속사정까진 쉽사리 말씀드리기 어렵습니다만, 여자 관리들이 때때로 몰래 이야기하는 것을 제가 살짝 엿듣게 되었는데,

"하긴 히데요시 공이 오다니 시절부터 마님을 연모하셨지. 그때 꽤나 미워하신 듯 보인 것이 역시 잘못 본 게 아니었어."

라며 몰래 추측하기도 하더군요.

그렇다고 해도 십 년 동안 끊임없이 천군만마들 사이를 오가시며, 어제는 저쪽 성채로 갔다가 내일은 성 하나를 도륙하는 식으로 바삐 활약하시면서도 여전히 마님의 모습을 계속 그리셨던 것일까요? 옛날이야기를 하자면 신분의 고하도 있었지만 이번에 야마자키 전투에서 돌아가신 주군의 원한을 대신 갚고, 이대로 잘만 나가면 천하 제패까지 마음에 두신 분이니 이제야 마님에 대한 집착의 마음을 겉으로 드러내신 것이라 보입니다. 그런데 히데요시 공이야 그렇다고 쳐도 강한 무사로의 면모만 보이신 가쓰이에 공까지 마님께 다정한 연심을 품고 계셨다니, 저로서도 전혀 몰랐던 일입니다. 어쩌면 이것은 단순한 연심 이상의, 즉 산시치 님과 시바타 님이 진작에 히데요시 공의 심중을 간파하시어 미리 짜고 일부러 방해를 한 것은 아닐까요? 그러한 낌새도

다소간 있었던 것 같습니다.

　하지만 히데요시 공이 표명한 재혼의 뜻은 방해자가 있든지 없든지 마땅한 도리는 아니었습니다. 마님은 그러한 이야기가 들어왔을 때,

　"도키치로가 나를 첩으로 삼을 작정인가?"

라고 말씀하시며 가당찮다는 기색이셨다고 합니다. 그도 그럴 것이 히데요시 공에게는 아사히(朝日) 님이라는 아내가 예전부터 계셨으니, 마님과 재혼하시면 아무리 본처와 동등한 대접을 받는다고 해도 역시 첩이 됩니다. 게다가 노부나가 공이 타계하신 다음에는, 오다니 성을 공격하여 가장 큰 공을 세워 아사이 님의 영토를 남김없이 빼앗은 것도 도키치로, 만푸쿠마루 님을 속여 죽이고 효수까지 한 것도 도키치로, 하나부터 열까지 원망스러운 도키치로의 짓이라고 오라버니의 원한까지 덧붙여 히데요시 공에게 한을 품으셨으리라 생각합니다. 하물며 오다 가문의 따님이셨던 분이, 최근 들어 갑자기 위세를 떨치게 되었다고는 하지만 어떻게 가문도 신분도 분명하지 않고, 그저 졸지에 권력을 쥐게 된 사람의 첩이 될 수 있겠습니까? 어차피 평생 과부로 지내실 수 없다면 히데요시 공보다 가쓰이에 공을 택하신 것은 당연한 일입니다.

　이러한 사정으로 아직 분명하게 결심을 표명한 것은 아니었지만, 어렴풋이 그 소문이 성안에 널리 알려지게 되었으므로 두 사람의 불화는 더욱 극심해졌습니다. 원래 가쓰이에 공은 자기가 돌아가신 주군의 원수를 갚아야 할 몸인데 그 공을 날치기당했다는 시기심을 지니고 계셨지요.

히데요시 공에게는 연심에 대한 질투, 영지를 빼앗긴 유감이 있었습니다. 그러니 열석한 사람들 입장에서도 서로 그것을 마음속 깊이 꽁하게 품고 있었으니, 한쪽이 이렇다고 하면 다른 한쪽은 아니 그건 안 된다고 눈초리에 각을 세우며 다투는 바람에 형제들을 비롯하여 그 외의 다이묘들까지 시바타 편과 하시바 편으로 갈리는 형국이 되었습니다. 그런 일로 전투 공훈에 대한 판결을 한창 하던 중에 시바타 산사에몬 가쓰마사 님이 가쓰이에 공을 살짝 불러내셔서

"지금 이러는 사이에 히데요시를 베어 버리고 끝장을 내십시오. 살려 두면 좋지 않습니다."

라고 귓속말을 하셨지만 역시 가쓰이에 공은,

"오늘 우리 어린 도련님을 옹립해야 하는 자리에서 동료를 베어 죽이면 비웃음거리가 되니 안 된다."

라고 하시며 허락하지 않으셨다고 합니다. 그래서인지 아닌지는 모르겠습니다만 히데요시 공도 조심하시며 밤중에 측간으로 가시는데, 니와 고로자에몬노조 님이 복도에서 히데요시 공을 불러 세우더니

"천하에 뜻을 품고 계시다면 가쓰이에를 베어 없애 버리십시오."

라고 비슷한 이야기를 아뢰었더니,

"무엇하러 그를 적으로 삼는가?"

라며 이쪽도 역시 승인하지 않으셨다고 합니다. 하지만 오래 끌어 보았자 소용없다고 생각하신 것인지 공훈 판결이 끝나자 야밤에 기요스를 몰래 출발하시어 별 변고 없이 자리가 수습되었던 것입니다.

그 후에 산보시 도련님은 아즈치로 옮기시어 하세가와 단바 수령님, 마에다 겐이사이 님이 수호하시는 가운데 성인이 되실 때까지 고슈에서 삼십만 석의 영지를 다스리시고, 기요스 성에는 기타바타케 중장님, 기후에는 산시치 노부타카 공이 거주하시기로 되면서 다이묘들도 모두 굳게 맹세를 나누고 자기 영토로 돌아가기에 이르렀습니다만, 마님의 재혼 이야기가 결정된 것은 그해 가을 막바지 무렵이었습니다. 이 혼담은 산시치 님의 중매로 성립되었으므로 마님은 기요스에서, 가쓰이에 공은 에치젠에서 기후의 성으로 오시어 이 지역에서 축하 인사를 하고, 그다음 부부의 연을 맺으신 뒤 아가씨들과 함께 북쪽 지역으로 가셨습니다. 그 전후에 있었던 일에 관해서는 사람에 따라 여러 가지 말들을 하고 소문 또한 다양합니다만, 그때 저도 행렬 속에 합세하여 에치젠으로 함께 모시고 갔던 터라 대강은 알고 있습니다.

당시 히데요시 공이 이 결혼 소식을 들으시고 가쓰이에 공을 에치젠으로 돌려보내지 않겠다고 말씀하시며 나가하마로 출진하시어 지나기를 기다렸다는 소문이 많았습니다만, 이케다 쇼뉴사이(勝入齋) 님의 중재로 마음을 돌리셨다고도 하고, 또 그런 이야기는 근거 없는 세간의 풍문이라는 말도 있었습니다. 어쨌든 히데요시 공의 대리인으로 양자이신 하시바 히데카쓰(羽柴秀勝) 공이 기후 성으로 오셔서 축하의 말씀을 전하며,

"이번에 부친 히데요시께서 오실 수 없는 사정 때문에 몸소 축하를 하러 오기 어렵게 되었으니, 나중에 시바타 님이 영지로 돌아가실 때 길에서 기다리고 있다가 경하 표현

을 하고자 합니다."

라는 내용이었으므로, 가쓰이에 공도 마음 좋게 여기시고 히데요시 공의 향응을 받아들이신다는 약속을 했습니다. 그런데 갑자기 에치젠으로부터 마중을 나온 사람들이 인원을 증강해서 달려오더니 무언가 어마어마한 이야기를 주고받았는데, 히데카쓰 공에게는 사자를 보내 거절의 뜻을 전하고 한밤중에 갑자기 북쪽으로 출발하셨습니다. 그러니 히데요시 공의 계략이 있었는지 없었는지, 제가 아는 바는 이상과 같을 따름입니다.

그건 그렇고 마님은 어떠한 심정으로 북쪽 지방까지 향하신 것일까요? 어쨌든 재혼이다 보니 아무리 훌륭하신 혼례라도 적적한 느낌이 드는 것은 사실입니다. 마님도 아사이 가문으로 시집오실 때에는 의식이며 모든 준비가 화려했지만, 이번에는 연세도 서른을 넘기시고 온갖 고생을 하신 끝에 세 아가씨를 데리고 눈이 많이 내리는 에치젠 길로 향하시는 것입니다. 또한 어찌 된 인연인지 이전과 완전히 똑같은 경로로 역참의 길을 밟아 세키가하라에서 고호쿠 땅으로 들어가 그리운 오다니 근처를 지나시게 된 게 아니겠습니까? 하지만 전에는 에이로쿠 11년(1568년) 용의 해의 봄이었지만, 이번에는 그보다 십오륙 년의 세월을 지나 가을이라고 해도 이미 이 지역은 겨울에 들어선 계절이었습니다. 하물며 한밤중에 황망히 출발하셨으니 아무런 화려한 치장도 못 하고, 그 와중에 또 히데요시 군세가 도중에 마님을 생포하러 온다는 등 온갖 소문에 미혹되어 소란을 떠는 하녀들도 있었습니다. 그뿐만 아니라 여로의 어려움으로는 계절이 좋지 않아 산에서 내려오는 바람이 심하게 불어와 앞으로 나아갈수록 추위가 심해지고, 기노모토나 야나가세 부근에서 진눈깨비가 섞인 비까지 내려 험준한 산길에 인마의 숨결마저 얼어붙을 정도였으니, 아가씨들과 상급 여자 관리들의 불안한 마음이 어떠했을지 알 수 있었습니다. 저 같은 자도 여행하기에는, 특히 부자유스러운 몸이라 한층 더 괴로웠습니다만, 그런 것보다 이 추운 날씨에 산 넘고 또 산을 넘어 본 적도 없는 낯선 지역으로 가시는 마님의 앞날을 걱정하며, 부디 부부 사이가 돈독하시고 이번에야말로 가문도 오래도록 번영하시기를, 그리고 함께 백발이 되실 때까지 해로하시기를 그저 빌어 드렸습니다.

다행스럽게도 가쓰이에 공은 뜻밖에 다정한 분이셔서 돌아가신 주군의 여동생이라는 것을 잊지 않으시고 소중히 대해 주셨고 다른 사람의 연심을 방해하면서까지 얻은 인연인 만큼 마님을 몹시도 어여삐 여기셨으므로, 북쪽 장원의 성에 도착하시고 나서는 마님도 나날이 마음을 터놓으시며 나리의 정을 마음속 깊이 기쁘게 생각하셨습니다. 그런 식으로 바깥세상은 추웠지만 성안에서는 왠지 모르게 봄기운이 도는 느낌이 들었고, 이 정도면 재혼하신 보람도 있다며 아랫사람들도 십 년 만에 근심으로 찌푸린 눈살을 펴게 되었는데, 그것도 정말 잠시뿐이었고 이미 그해에 전투가 시작되어 버린 것입니다.

처음에 가쓰이에 공은 그사이의 일들을 없었던 것으로 하고 화해하시고자 혼례가 있고 나서 곧바로 나중에 다이나곤(大納言)이 되시는 가가 도시이에(加賀利家) 공, 후와의 히

코산(彦三) 님, 가나모리 고로하치 님 및 양아들 이가(伊賀)의 수령님을 사자로 삼아 도읍으로 보내,

"동료끼리 싸우면 돌아가신 주군의 위패 앞에서 드릴 말씀이 없으니 앞으로는 정말 돈독하게 지내고 싶소."

라고 말씀하셨으므로 그때는 히데요시 공도 매우 기뻐하시며,

"저도 완전히 동감한다고 생각하던 차에 일부러 사신까지 보내 주시어 황송합니다. 가쓰이에 님은 노부나가 공의 노신이기도 하니 제가 왜 배신하겠습니까? 앞으로는 만사에 지도를 부탁드립니다."

라며 평소와 같이 빈틈없는 인사 말씀을 전하고 사신들을 지극하게 대접하여 돌려보내셨습니다. 그래서 나리와 높으신 분들은 물론이고 저 같은 것까지도 두 가문이 화목하게 지내는구나 싶어서,

'이제 이 이상은 싫은 걱정을 하지 않아도 되겠지. 마님이 잘못되시는 일도 없을 거야.'

라며 후 하고 가슴을 쓸어내리고 있었는데, 아니 그로부터 한 달도 지나지 않아 히데요시 공이 수만 명의 말과 병사를 이끌고 고호쿠로 출진하시어 나가하마 성을 포위하신 게 아닙니까. 아무래도 이렇게까지 되기에는 자세한 내막이 있었던 듯, 히데요시 공이 북쪽 장원을 공격하려는 계략으로 의표를 찌른 것이라고 말하는 분도 있었습니다. 왜냐하면 북쪽은 겨울 동안에는 눈이 깊이 쌓여 군세를 진격시킬 수가 없기 때문에 당분간 화목을 취하는 척하다가, 이듬해 봄에 눈이 녹기를 기다려 기후의 산시치 님과 위쪽으로 공격해 올라가기로 미리 협의가 되었다는 것입니다. 뭐가 어떻게

된 일인지 저 같은 자로서는 알 수가 없었습니다만, 당시 나가하마에는 양아들인 이가의 수령님이 성안에 계셨지만 평소 가쓰이에 공에 대해 원망을 품고 계셨던 까닭에 즉시 하시바 편에 가담하고, 성문을 열고 내주었기 때문에 군사들이 물밀 듯이 미노 지역으로 난입하여 기후 성으로 공격해 들어간 것입니다. 북쪽 장원으로도 빈번히 소식이 와서 끝도 없이 진격해 들어온다는 소문이었지만, 11월이라는 극한의 계절에 밖은 온통 눈밭이고 가쓰이에 공은 매일 안타까운 듯이 하늘을 노려보시며,

"원숭이 같은 네 놈이 나를 속였느냐? 이 눈만 내리지 않았더라면 나의 무략으로 달걀을 바위에 던지는 것보다 손쉽게 네놈 군세를 박살을 낼 텐데."

라며 마당의 눈에 실컷 발길질하며 이를 북북 가셨으므로, 마님은 가슴을 두근대시며 겁을 내셨고 곁에서 모시던 자들도 두려움에 벌벌 떨기만 하고 있었습니다. 하시바 편 군세는 그사이에 파죽지세로 미노 지역을 대부분 점령하고, 기후를 빈 성으로 만든 것이 겨우 십오륙 일 사이의 일이라 산시치 님도 어쩔 수 없이 단바 님에 의지하시고 항복하셨는데, 아무래도 돌아가신 주군의 형제라는 점을 히데요시 공도 감안하시어, 그렇다면 노모를 인질로 받아 두겠다고 말씀하시고 어머니를 아즈치 성으로 옮기신 다음, 개가를 올리고 도읍으로 물러나셨습니다.

그러는 사이에 덴쇼 10년도 저물어 정월을 맞이했습니다만, 북쪽엔 아직 한기가 대단하여 눈은 전혀 사라질 기미조차 보이지 않았고, 가쓰이에 공은

"이 건방진 원숭이 놈."
이라고 외치는가 싶으면,

"원망스러운 눈이로구나."
라고 눈을 원수처럼 여기시며 안절부절못하시므로 입춘의 축하 행사도 형태만 갖추었을 뿐인지라 정말로 봄을 맞게 되었다는 느낌도 들지 않았습니다. 히데요시 공 쪽에서는 이 눈이 내리는 동안 시바타 편에 선 다이묘들을 정벌하실 생각으로, 해가 바뀌자 다시 대군을 이끌고 세이슈로 나서시어 다키가와 사콘쇼겐(瀧川左近將監) 님 영토를 점령하려 빈번히 전투 중이라는 소식이 들려왔습니다. 그렇게 되면 북쪽도 지금이야 조용하지만 눈이 녹자마자 적군의 세력과 전투를 벌이게 될 것이 틀림없으므로 성안은 그에 대비하느라 바빴고, 모든 사람들이 분주하게 지내셨습니다. 저 같은 것이야 이런 경우에 아무짝에도 쓸모가 없으니 할 일도 없이 오도카니 난로 가장자리에 쭈그리고 앉아 있었습니다만, 그런 때에도 밤이고 낮이고 가슴 아픈 것은 마님 때문이었습니다.

'아아, 정말 이런 지경에서는 마음 놓고 나리와 이야기를 나누실 여유도 없으시겠지?'

'모처럼 안정을 취하셨는데 이렇게 되어 버리다니 차라리 기요스에 계시는 편이 나았을지도 몰라.'

'부디 우리 편이 이겨 주면 좋겠건만.'

'다시 이 성이 아수라장으로 변해, 오다니 때와 같은 지경이 되는 것은 아닐까?'

이렇게 생각한 것은 저뿐만 아니라, 하녀들도 하나둘씩 모이기만 하면 그런 이야기를 나누었고,

"아니야, 아니야. 그래도 설마 우리 나리가 패배하실 일은 없을 테니 쓸데없는 기우는 갖지 말자고."
라며 서로를 위로하는 것이었습니다.

　　그러다 이때부터 어느 날인가, 교고쿠 다카쓰구 공이 마님을 믿고 북쪽 장원으로 도망쳐 오셨습니다. 옛날 기요스에 계셨을 무렵에는 성인식을 하기 전이었습니다만 어느샌가 훌륭한 청년이 되셨고, 세상을 잘 만났더라면 이미 일각을 담당하는 대장이 되어 있으셨을 테지만, 노부나가 공의 은혜를 배반하고 역적인 휴가 수령의 편에 가담한 만큼 어디에도 호소할 곳 없는 대역 죄인이 된 바람에 히데요시 공의 엄중한 수색을 피하여 오미 지역에서 이리 도망치고 저리 도망치시다가, 이번에 고호쿠마저 소란스러워지자 마침내 몸을 의탁할 데가 없어져 외숙모의 옷소매에라도 매달리고자 생각하신 것이겠지요. 겨우 한두 명의 수행자를 데리고 삿갓과 도롱이로 본모습을 감춘 채 펑펑 내리는 눈 속을 산 넘어 도망치시어 기어이 성에 도착하셨을 때에 볼품없이 야윈 상태셨습니다. 오셔서는 마님 앞으로 나오시어,

　　"송구합니다만 도망자의 신세를 숨겨 주시옵소서. 제 한목숨 살리고 죽이는 것은 외숙모님 마음 하나에 달렸습니다."
라고 아뢰었지만, 마님은 그의 모습을 찬찬히 지켜보시더니,

　　"그대는 참으로 참담한 짓을 했구나."
라고만 말씀하시고 한동안 아무 말도 없이 그저 눈물만 보이셨습니다. 하지만 그다음에 어떠한 식으로 가쓰이에 공에게 중재를 하셨는지는 몰라도, 다름 아닌 마님이 직접 건넨 말

씀이라 그런지, 또 아케치의 잔당이라고는 하지만 히데요시 공에게 쫓겨 왔다는 점 때문인지 나리도 가엾게 여기셔서,

"그렇다면 용서하고 받아들이겠다."

라고 말씀하시어 성안에서 지내게 하셨습니다. 다카쓰구 공이 오하쓰 님과 내부 결혼을 하신 것은 이때의 일로, 저는 그에 관해서 거짓말인지 정말인지 어떤 하녀에게서 재미있는 이야기를 들었습니다. 그 내용인즉 다카쓰구 공의 마음은 역시 오차차 님에게 있었지만 오차차 님이,

"떠돌이 무사는 싫습니다."

라고 말씀하시며 싫어하셨으므로, 본의 아니게 오하쓰 님을 아내로 맞으셨다는 것입니다. 원래 오차차 아가씨는 어릴 적부터 기품이 있으셨고, 꽤 일찍부터 어머니 홀로 키우신 탓인지 상당히 제멋대로 구시기도 했기 때문에 그런 말씀을 하셨으리라고 생각합니다만, '떠돌이 무사'라고 모욕을 당한 다카쓰구 공은 필경 실망이 크셨을 겁니다. 나중에 세키가하라 전투 때 동쪽 편을 배신하신 것도 이때의 치욕을 잊지 않은 채 요도의 마님에게 원망을 품고 계셨기 때문은 아닐까요? 이것도 개인적인 억측이겠지만, 원래 북쪽 장원으로 도망치신 건 외숙모에게 의지하러 왔다기보다 기요스 무렵부터 마음에 두셨던 오차차 님을 연모하여 오신 것이라고도 추측할 수 있습니다. 그렇지 않다면 와카사(若狹)의 태두 다케다(武田) 님에게도 친여동생이 엄연히 계신데 무엇 때문에 에치젠으로 오셨겠습니까? 이쪽 마님은 외숙모라고는 해도 혼인 관계로 맺어진 사이고 더구나 지금은 재혼하신 몸이라 아케치의 잔당으로서 시바타 님께 의지할 맥락이 없

을 뿐만 아니라 한 가지라도 자칫 틀어지면 목이 떨어질 수도 있는 일입니다. 그것을 어겨 가며 저렇게 눈이 내리는 와중에 이쪽으로 도망쳐 오신 것은 어린 시절의 풋사랑이 그리워서, 즉 오차차 님 때문에 자기 목숨을 과녁에 내거신 셈이랄까요? 아마도 그런 사정으로 보입니다만, 모처럼 그렇게 속으로 키워 온 바람이 헛되이 사라졌으니 딱하기 짝이 없는 일입니다. 그러니 원래 오하쓰 님을 아내로 맞으실 생각이 없으셨는데 어쩌다 보니 그리되었다고 해야 하겠지요. 그리고 이때는 결혼 약속만 한 것이라 약혼 축하의 연회라 해도 소수의 가까운 사람들만 술잔을 나누는 정도였습니다.

소란스러운 와중에도 어쨌든 이런 경사가 있었던 게 정월 말인가 2월 초였고, 이미 그 무렵에는 사쿠마 겐바(佐久間玄番)[110] 님이 가쓰이에 공의 선봉으로서 이만 기 남짓을 인솔하여 잔설을 밟아 헤치고 고호쿠로 치고 나오셨습니다. 히데요시 공은 이세(伊勢)의 진에서 나가하마로 달려가시더니 이튿날 아침 일찍 병졸로 변장을 하시고는 열 명 정도의 나이 든 사람들을 데리고 산 위로 오르시어 시바타 측의 요새라는 요새를 하나하나 자세히 보셨는데,

"이 상태로는 도저히 손쉽게 함락할 수는 없어 보인다. 아군도 있는 힘을 다해 성을 견고하게 준비시켜, 길게 보고 임전하는 것 외에는 방법이 없겠구나."

라고 말씀하시며 엄중하게 준비하시고 갑작스러운 공격은

110　사쿠마 모리마사(佐久間盛政, 1554~1583)를 말하며, 겐바는 그의 관직명을 딴 것인데 용맹함 때문에 도깨비 겐바로도 불림.

하지 않으셨습니다. 그래서 쌍방이 진을 치고 대치한 채 3월이 지나고 4월이 되고 나서야 드디어 나리도 야나가세 외곽으로 출발하셨습니다. 북쪽 지방도 벚꽃이 지며 가는 봄을 아쉬워하는 계절이 되었습니다. 나리도 마님과 결혼하신 이후로는 처음 출진하시는 것이었으므로 마님께선 말린 전복, 딱딱한 밤, 다시마 등 특별히 마음을 담아 음식을 준비하셨고 성 본채에서 출진을 축하하셨습니다. 가쓰이에 공은 기분 좋게 술을 들이켜시고

"단 한 번의 전투로 적을 쳐부수고 도키치로 녀석의 목을 베어 이번 달 안으로 궁에 들어갈 터이니, 반드시 좋은 소식을 기다리고 계시오."

라고 말씀하시며 가운데 문으로 나가셨고 마님도 그때까지 배웅을 하셨는데, 그때 나리가 문 근처에서 활을 지팡이처럼 짚으시고 서시어 말에 올라타시려고 하자 말이 갑자기 울어 댔으므로 마님의 얼굴색이 확 바뀌었다고 합니다. 하지만 이 때 기후에서는 산시치 님이 다시 교토 쪽을 적으로 삼고 시바타 측에 내밀하게 호응하셨으며, 야마토 지역의 쓰쓰이 준케이(筒井順慶) 님도 며칠 안 돼서 배반을 결정했다고 했습니다. 게다가 히데요시 공은 지략이야 몹시 뛰어나셨지만 무용(武勇)에 있어서는 가쓰이에 공이 발군이라는 평판이었고, 특히 오다 님의 가로로서 다이묘들도 복종하고 있었을 뿐 아니라 도시이에 공을 비롯하여 사쿠마, 하라, 후와, 가나모리 여러분들이 믿음직한 궁수들을 데리고 계셨으므로, 누군들 그렇게 패배하게 되리라고 생각이나 했겠습니까? 야나가세, 시즈가타케 전투의 결말은 세 살짜리 어린아이도 아

는 바이므로 이제 와서 무슨 말씀을 더 드리겠습니까만, 생각할수록 안타까운 것은 사쿠마 겐바 님이 방심을 하신 것입니다. 그때 가쓰이에 공의 말씀을 들으시고 즉시 군사를 거두어 대비를 단단히 하셨더라면, 당분간은 준케이 님도 치고 나오시고 미노의 아군도 뒤를 받쳐 주었을 것이니, 그렇게만 되어 주었다면 전투가 어떻게 전개될지 모르는 상황이었지만, 본진에서부터 말을 타신 높은 분들을 일곱 차례나 사신으로 내세우셔서 틀림없이 간언하셨음에도 불구하고 가쓰이에 공이 나이 든 탓에 망령이라도 나신 것이라며 전혀 말을 듣지 않으셨으므로, 그 정도 되는 대군이 순서도 없이 무너져 버렸습니다. 그렇다고는 해도 본진과 그 요새 사이는 둘러 가도 대여섯 리, 똑바로 가면 겨우 일 리입니다. 가쓰이에 공이 몹시도 화를 내셨다고 합니다만 그 정도라면 왜 스스로 달려가서 사쿠마 겐바 님을 연행하지 않으셨는지, 평소의 그 격한 기백에 어울리지 않는 일이었습니다. 늙어서 망령이라고 할 정도는 아니라도 아름다운 마님을 맞이하시어 역시 어느 정도 마음이 물러지신 걸까요? 저마저도 너무 원통함에 문득 욕지거리라도 하고 싶어지는 것입니다.

북쪽 장원에서는 음력 4월 20일에 사쿠마 겐바 님이 적의 요새를 공격하여 함락하시고, 나카가와 세효에노조(中川瀬兵衛尉) 님의 목을 쳤다는 소식이 들려와 대단히 기뻐하시며 징조가 좋다고 여기셨는데, 고호쿠 쪽에서는 그 밤중에 미노의 길로 이어지는 바닷길이랑 산봉우리 등지에 나무 횃불이 오르고, 20일에 달빛을 어둡게 할 만큼 하늘을 검게 물들이며 마치 만등회(萬燈會)라도 열린 듯 어마어마한 수로 불었다고 합니다. 이윽고 히데요시 공이 오가키(大垣)로부터 밤이 새도록 말을 바꾸어 가며 달리신 듯 21일 새벽 동틀 무렵, 요고(余吳) 호수 건너편이 갑자기 소란스러워지더니 사쿠마 겐바 님의 진지도 위태로워졌다는 보고가 들어왔습니다. 그 보고를 하러 파발꾼이 도착한 것이 같은 날 미시(未時)가 지날 무렵이었습니다만, 그사이에 벌써 이탈한 무사들이 슬금슬금 도망쳐 돌아왔고 아군이 그렇게 패배하면서 나리의 운도 다한 것 같다고 했습니다. 성에서는 너무 어이가 없어 놀라고 당황하며 설마 이대로 어떻게 되는 건가 했는데, 해 질 녘에 가쓰이에 공이 피범벅이 된 모습으로 성으로 돌아오시고, 시바타 야우에몬노조(弥右衛門尉) 님, 고지마 와카사 수령님, 나카무라 분카사이 님, 도쿠안(德菴) 님 등을 부르시어,

"사쿠마 모리마사 측이 명령을 지키지 못하고 과오를 저질렀다. 나의 일대 명성도 헛되어졌지만 이것도 전생의 인과이리라."

라고 말씀하시며 냉정하게 각오를 하시고 상황을 잘 진정시키셨습니다. 듣자 하니,

"자제분 곤로쿠(權六) 님은 어떻게 되셨습니까? 혼전이 벌어지는 전장에서 생사도 알 수 없고, 나리도 이미 야나가세 진중에서 전사하실 것이니 최소한 성으로 돌아오시어 조용히 자결하게 하시고, 이곳은 제가 맡겠습니다."

라며 멘조 쇼스케(毛受勝介) 님이 일어서서 나서셨으므로, 그럼 그렇게 하자고 말씀하시고 신에게 바치는 말[馬] 표지를 쇼스케 님에게 맡기시며 지역의 중심인 도시이에 님의

성에서 따뜻한 물에 밥을 말아 드신 다음, 서둘러 북쪽 장원으로 달려온 것입니다. 도시이에 공도 따르겠다고 말씀하시며 함께 출발하셨는데, 억지로 만류해서 도중에 돌려보냈다가 얼마 지난 후 다시 부르시고는,

"자네는 나와 달라서 지쿠젠 수령 히데요시와 예전부터 친밀하게 지냈지. 나에 대한 서약은 이제 다 지킨 셈이니 앞으로는 히데요시와 화목하게 지내며 영지를 인정하는 편이 좋겠네. 그간 내내 보여 준 노고는 이 가쓰이에가 기쁘게 생각하네."

라고 말씀하시고 흔쾌히 작별하셨다고 합니다. 그것이 21일 저녁의 일이었고 이튿날 22일에는 호리히사 다로(堀久太郎) 님을 선발로 하여 서쪽 군세가 물밀듯이 북쪽 장원으로 밀려오고, 이윽고 히데요시 공도 도착하시어 아타고(愛宕)산 위에서 군사들을 지휘하시며 성을 물샐틈없이 에워싸신 것입니다.

이때 성안에는 이제 마지막이라고 마음을 먹은 사람들로 가득하여, 그런 모습을 보면서도 소란을 부리는 기색조차 없었습니다. 가쓰이에 공은 전날 밤 가신들을 부르시어,

"나는 이 성에서 공격수들을 기다렸다가 맞이하여 크게 한바탕 전투를 벌이고 배를 가를 작정이니 나와 함께 머무르려는 자는 머물러도 좋지만, 부모를 모셔야 하는 자들도 있을 것이고 처자식을 두고 온 자들도 있을 것이다. 그런 자들은 조금도 사양 말고 빨리 집으로 돌아가는 것이 좋겠다. 단 한 명이라도 죄 없는 사람을 쓸데없이 죽게 하는 것은 나의 본의가 아니다."

라고 말씀하시며, 작별을 하려는 자와는 인사를 나누시고 인질도 모두 풀어 주셨으므로, 비록 성에 남은 인원은 적었지만 모두 목숨보다 명예를 중히 여기는 분들이었습니다. 특히 야에몬노조 님, 와카사 수령님 등 혁혁하신 분들을 일일이 말씀드리기도 어리석은 일입니다만, 와카사 님의 외아들 신고로(新五郎) 님은 열여덟 살이 되시어 병상에 누워 지내시다가 가마에 실려 성으로 달려오시더니,

"저 고지마 와카사 수령의 아들 신고로는, 열여덟 살에 병을 얻어 야나가세 외곽으로 출진할 수가 없습니다. 이제 농성을 함으로써 충효를 다하겠나이다."

라고 큰 대문 양쪽에 적어 두셨습니다. 더 젊으신 분으로 사쿠마 주조(佐久間十藏) 님은 열다섯 살이셨습니다. 도시이에 공의 사위셨으므로 아직 어리다고는 해도,

"부중(府中)의 성에는 장인어른이 계시니 몰래 그쪽으로 빠져나가십시오. 굳이 농성을 하시지 않아도 괜찮을 것이라 생각합니다."

라고 가신들이 훈계했지만,

"아니, 아니오. 나를 어릴 적부터 받아들이시어 양육을 해 주시고, 게다가 막대한 영지도 주셨으니 그 은혜를 받은 것이 하나요. 만약 도시이에의 연고자가 아니라면 어머니께 효도하기 위해서라도 오래 사는 게 도리겠지만, 장인어른에게 기대어 한 목숨 연명하는 것은 비겁하다는 생각이 또 하나요. 이름을 더럽히면 선조들에 대해서도 드릴 말씀이 없어지는 것이 또 하나입니다. 이 세 가지 도리에 따라 농성을 하고자 합니다."

라고 말씀하시고 전사하실 각오를 확고히 하셨습니다. 또한 성을 지키는 당번 마쓰우라 구효에노조(松浦九兵衛尉) 님은 법화종 신자로 작은 암자를 지어 스님 한 분을 머물게 하셨는 데 그 스님도 마쓰우라 님이 농성을 하신다는 이야기를 듣고,

"귀하와 소승은 현세의 인연이 불행하였으니 꼭 내세를 함께하여 은혜에 보답하고 덕에 감사하고자 합니다."

라고 아뢰며 마쓰우라 님이 말리는 것도 듣지 않고 성으로 들어가셨습니다. 그리고 겐큐(玄久)라는 사람이 있었는데 이 사람은 두부 장수였습니다. 이전에는 가쓰이에 공의 어릴 적 친구였는데, 어느 때인가 전투에서 깊은 상처를 입어,

"이런 몸으로는 봉공도 할 수 없으니 작별을 고합니다. 이제 저는 무사를 그만두고 장사를 하렵니다."

라고 아뢰었으므로,

"그런가? 그렇다면 자네는 두부 장사를 하게."

라고 말씀하시고 대두를 해마다 백 가마나 내려 주셨습니다. 그러니 이번에도 곁에서 모시고 내세를 함께하여 두부를 만들어 드리겠노라며 일부러 아랫마을에서 올라와 성으로 들어간 것입니다. 그 밖에도 춤추는 젊은 예능인 야마구치 이치로사이, 서기 역할의 우에사카 오오이노스케(上坂大炊助) 님, 이러한 분들도 성에 남으셨습니다. 그중에는 미련을 버리지 못하는 자들도 있었는데, 도쿠안 님은 시바타 님을 모시는 승려 차림의 무사 중 한 명으로 분카사이(文荷齋) 님과 마찬가지로 세상에 알려진 분이었고, 도시이에 공의 인질을 몰래 빼내어 성을 도망쳐 나가 부중으로 달려가셨지만 도리어 의리 없는 놈이라 말씀하시며 도시이에 공은 불쾌한 기색

을 비치시고 가까이하시지 않았다고 합니다. 그 후에 이분은 어찌 되셨겠습니까? 세간 사람들이 아무도 상대해 주지 않자 몹시도 전락하여 도성의 항간을 방황하는 모습을 본 자가 있다고도 합니다. 그런가 하면 무라카미 로쿠사에몬노조 님은 흰 수의를 입고 성에 틀어박혀 계시던 차에 나리의 누이이신 스에모리(末森) 님과 그 따님을 모시고 떠나라는 명령이 있어서 다른 사람들에게 분부하시라고 말씀하셨지만,

"아니, 아니. 이 일은 그대에게 부탁한다. 그것이 도리어 나에 대한 충의일 것이다."

라고 말씀하셨으므로 어쩔 수 없이 두 분을 모시고 다케다(竹田) 마을로 도망치셨지만, 24일 신시(申時)에 성의 가장 높은 천수각 망루에 연기가 오르는 것을 보시고 두 분과 함께 자결을 하셨다고 합니다. 제가 기억하는 것은 그 정도입니다만, 이러한 분들은 그 무렵 대단한 화젯거리였으니 필경 나리도 아실 것입니다. 모두 훌륭한 명성을 후세에까지 남기신 기특하신 분들입니다.

아아, 저 말씀인가요? 저 같은 것이야 훌륭하신 분들의 흉내도 낼 수는 없지만 이전에 오다니에서 농성할 때 버렸어야 할 목숨을 어찌어찌 더 살게 되었으므로 이제 와서 이 세상에 미련을 가질 일도 없어서 성에 머물러 남았습니다. 솔직히 말씀드리자면 아직 마님이 어떻게 되실지 몰라서 앞날을 끝까지 지켜보고 나서 될 대로 되라고 생각했습니다. 이렇게 말씀드리면 비겁한 듯하지만, 마님은 이쪽으로 재혼하여 오신 지 꼬박 일 년도 되지 않았습니다. 오다니 때는 육 년 동안 부부의 인연을 유지하셨는데, 그래도 자제분들을 살릴

이유에 이끌려 나가마사 공과 아쉬운 이별을 하셨던 것이지만, 이번에는 어떻게 될지 도저히 알 수가 없었습니다.

'그래도 나리께서 그런 말씀을 하시지는 않겠지?'

'적의 인질을 용서하고 보내 주시면서, 부부라고 해도 짧은 인연이었던 만큼 큰 은혜를 입은 주군의 여동생과 조카딸들을 당신 죽음의 길동무로 삼으실 작정이실까?'

'그렇지 않으면 사랑스러운 마님을 히데요시 공에겐 절대로 넘기지 않으시겠다는 생각이신 걸까?'

'가쓰이에 공 정도나 되시는 분이 이렇게 최후를 앞두고 사내답지 못한 일을 하시지는 않으실 터이니 당장에라도 무슨 말씀을 하시지는 않으실까?'

이런 식으로 여러 가지 생각을 해 보았던 것도 제가 살고자 하는 마음에서 그런 게 아니었습니다. 왜냐하면 제가 살고 죽는 것은 마님에게 달린 문제라 결정했기 때문입니다.

공격 군세들은 22일 아침 첫닭이 울 무렵부터 점점 좁혀 들어왔습니다만, 성 아래의 마을들과 바다를 따라 난 길 곳곳을 불태웠으므로 어마어마한 연기가 하늘에 가득했고 햇빛도 어둑어둑했으며, 성에서 사방을 둘러보니 온통 안개의 바다인 양 아무것도 보이지 않았다고 합니다. 서쪽 군세들은 이 어둠 속을 틈타 숨소리마저 죽이고 아무 기척도 나지 않게 제각각 죽창 다발, 다다미, 판자문 같은 것을 들고 살금살금 접근해 들어온 듯했고, 그러는 사이에 밝이 조금씩 밝아지니 마치 개미가 기어오르는 듯 해자 가장자리에 딱 들러붙어 있었습니다. 성안에서는 빈번하게 철대포를 쏘며 근처의 적을 모조리 죽였고, 신참 병사들이 교대로 자리를 바꾸며 밀려들어 오는 적을 필사적으로 막겠다고 상당히 견고하게 버티었으므로 이런 상태라면 그리 간단히 패배할 것 같지는 않았습니다. 그런 식으로 그날은 양쪽 다 사상자를 내고 물러났지만 이튿날 23일 새벽, 갑자기 적진의 공격이 북소리를 삼가며 조용해졌기에 무슨 일인가 보니, 해자 건너편으로 대여섯 명의 말 탄 무사들이 나타나서는,

"자제분 시바타 곤로쿠 님 그리고 사쿠마 겐바 님을 어젯밤 생포했습니다. 참으로 딱하게 되셨습니다."

라고 큰 소리로 말했으므로, 성안에서는 그 말을 듣고 모두 똑같이 힘이 빠져 그 이후에는 그저 형식적으로 문을 단단히 막고만 있을 뿐, 대포 같은 것도 척척 쏘지 못했습니다. 저는 사실 그사이에,

'히데요시 공에게서 어떻게든 사신이 오지 않을까? 마님을 지금도 연모하고 계시다면 틀림없이, 틀림없이 어떤 분이 나타날 것 같은데!'

하며 속으로 그런 희망을 품고 있었습니다만, 아니나 다를까 그때 사신이 나타났습니다. 그런데 사신으로 나선 분을 보니 이게 어찌 된 일입니까? 이름은 잊었지만 무사가 아니라 스님이 오신 것으로 기억합니다. 그래서 그분이 말씀하시기를,

"지쿠젠의 수령 히데요시 공이 작년 이후에 부득이한 사정으로 시바타 님과 전투하기에 이르렀고 다행히 무운이 탁월하여 여기까지 공격해 들어오게는 되었지만, 옛날 생각을 하면 오다 노부나가 님을 함께 모시던 동료 사이인 까닭에 목숨까지 거두고자 생각하지는 않습니다. 가쓰이에 공이 슈리노스케 자리에 오르셨지만 승패가 결정 나는 것은 활

과 화살을 든 무사로서의 운명, 모든 것이 다 운명이라고 생각하시고 오늘까지의 원한은 흘려보내고 이 성을 내어 주신 뒤 고야(高野) 산기슭으로 물러나 주시지 않겠습니까? 그렇게 하시면 삼만 석의 영토를 드리고 평생 부지하실 수 있도록 해 드리겠습니다."

라고 말씀하셨습니다만 이것이 히데요시 공의 본심이었을까요, 아닐까요? 히데요시 님이 오이치 마님을 생포하고 싶어서 기회를 보아 비장의 수법을 내밀었다며, 아군은 물론이고 적진에서도 그런 평판이 났을 정도이니 이러한 제안을 곧이곧대로 듣는 자는 아무도 없었습니다. 하물며 나리는,

"나에게 항복을 하라니 무례한 말을 하는 놈이로구나."

라며 스님을 향해 불같이 화를 내시고,

"이기든 지든 그저 하늘의 운인 것이야 말할 필요도 없거늘 그것을 네놈들에게서 배우라는 말이냐? 세상이 이런 꼴이라 원숭이 면상을 한 그 애송이를 거꾸로 할복하게 해 줄 참이었는데, 사쿠마 겐바가 내 명령을 지키지 못했기 때문에 시즈가타케(賤ヶ嶽)에서 패배하여 원숭이 녀석에게 선수를 빼앗긴 것이 원통하구나. 다만 조금 후에 천수각에 불을 올리고 자결을 할 터이니 내 마지막 모습을 후세의 견본으로 봐 두는 게 좋을 것이다. 이 성에는 십여 년 동안 쌓아 놓은 화약이 있다. 여기에 불을 붙이면 어마어마한 사망자가 나올 터이니 공격수들은 진을 더 멀리 물러나 치거라. 내가 쓸데없는 살생을 하고 싶지는 않기에 이렇게까지 말하는 것이다. 돌아가거든 히데요시에게 틀림없이 내 뜻을 전달해 두거라."

라고 말씀하시고 신속히 자리를 뜨셨으니, 사신은 대

면하여 이야기할 시간도 갖지 못하고 겁에 질려 도망쳐 버렸습니다. 저는 그 말씀을 들었을 때 단 한 줄기의 믿을 만한 동아줄이 끊긴 것처럼 원망스럽고 한심하다는 생각마저 들었습니다만,

'이렇게 되면 마님의 목숨도 이제 무참하게 사라질 것이 뻔하다. 이제 명도(冥途)의 강을 건너실 때를 함께하고 영원히 마님 곁에 머물자. 부디 내세에는 앞을 볼 수 있는 몸으로 태어나 아름다우신 모습을 우러러볼 수 있기를. 나에게는 그것만이 진정 달빛과 같은 명확한 진리니까.'
라는 생각으로 마지막을 각오하고 체념하니, 그것이 무엇보다 훌륭한 선지식(善知識)[111]이 되어 죽는 쪽이 도리어 즐겁게 여겨지기도 했습니다.

나리도,

"이렇게 된 것이 말할 나위 없이 아쉽지만 이제 와서 새삼 말을 바꾸는 것도 마땅치 않은 노릇이니, 어차피 오늘 밤은 기분 좋게 술을 나누어 마시고 내일 동이 틀 때에 새벽 구름과 함께 사라져 버리리라."
라고 말씀하시며 각각에게 준비를 하게 하시고 천수각을 비롯해 요소요소에 마른풀을 산더미처럼 쌓아 올리고 여차하면 불을 붙이도록 손을 써 두셨으며, 그다음 명주(銘酒)가 담긴 술통을 남김없이 모조리 가지고 오라 명령하셨습니다. 그런 준비를 하는 사이에 벌써 저녁이 되었습니다만, 적진에서도 성안의 죽음을 각오한 모습을 보았는지 차츰 포위망

---

111   불교에서 올바른 도리를 가르치는 사람, 혹은 그런 능력을 지닌 지혜와 덕망.

을 느슨하게 하고 멀리 뒤쪽으로 물러났으므로,

"봐라, 저렇게 공격 군세의 화톳불이 멀어졌다. 과연 히데요시는 내 마음을 아는 게로구나."

라며 세상 활수하게 말씀하신 것이 평소의 목소리 같지 않게 아주 귀하게 들렸습니다. 주연이 시작된 때는 저녁 유시(酉時) 무렵이었을까요? 나리는 물론이고 모든 성루에도 술통을 나누어 주시고 안주로는 있는 대로 모든 좋은 것을 다 내라고 요리하는 사람에게 명령하시어 상당한 진미가 여러 가지 갖추어졌으므로 이쪽저쪽에서 제각기 술잔치가 벌어졌습니다. 특히 성안의 넓은 응접실에서는 높은 단의 모피 깔개 위에 나리가 앉으시고 마님이 나란히 앉으셨으며, 그다음에 아가씨들, 한 단 낮은 자리에 분카사이 님, 와카사 수령님, 야우에몬노조 님 등이 열석하셨고, 먼저 나리께서 마님에게 술잔을 주셨습니다. 집안일을 하는 자들도 모두 오라고 감사한 말씀을 건네주셨으므로 몸종들이나 저 같은 놈까지도 대접을 받게 되어 곁에서 가까이 조아리고 있었습니다만, 모든 분들께는 오늘 밤이 마지막이니 나리를 비롯하여 무사들도 갖가지 색의 갑옷 안에 입는 옷, 대도, 도구들을 앞다투어 갖춰 입고 화려하게 위세를 드러냈으며, 여자 관리들도 오늘이 끝이니 나도 뒤지지 않겠노라며 화려한 정식 의상을 입었는데, 그중에서도 마님은 붉은색과 흰색으로 갖춰 입으시고 속머리엔 한층 더 짙게 머릿기름을 바르셨으며 하얀 피부에 어울리는 하얀 능라의 고소데(小袖)[112]

---

112 깃이 둥근 통소매의 평상복.

를 입으시고, 두꺼운 판금을 댄 허리띠에 금은 오색으로 영롱한 모양이 새겨진 중국풍 직물의 덧옷을 걸치고 계셨다고 합니다. 나리는 술잔을 한 바퀴 돌리시고는,

"말도 없이 술만 마시고 있으면 의기소침해지는 법이지. 내일은 이 속세와 작별할 몸인데 너무 축 쳐져 있으면 공격하는 녀석들에게 웃음거리가 될 게야. 지금부터 밤새도록 풍류 놀음을 벌여 적진을 놀라게 하고 싶구나."
라고 말씀하시자 벌써 멀리 있는 성루 쪽에서 '퉁, 퉁, 퉁' 북소리가 들리며,

　　살아서 설마
　　내일까지 그이가 냉정하실까
　　오늘 저녁에라도 찾아와 주시기를
　　그대를 천 리 밖에 두고
　　지금도 술을 마시며
　　나와 함께 마음을 달래 주려마.

라며 누군가가 춤을 추는 듯 밝은 노랫소리가 들려왔으므로,

"저것 봐라. 저자들에게 선수를 빼앗기지 않았느냐. 우리도 저쪽에 지지 말자꾸나."
하고 말씀하시며,

　　인간사 오십 년도
　　하늘 하급 세계에 견주어 보면

하고 스스로 가장 먼저 「아쓰모리(敦盛)」[113]의 한 구절을 부르셨습니다. 이 노래는 옛날 오다 노부나가 님이 아주 좋아하시어, 특히 오케하자마(桶狭間) 전투 때에는 스스로 이 노래를 부르시며 이마카와 님을 토벌하셨는데, 그런 까닭에 오다 가문에서는 경하스러운 노래로 봅니다만,

인간사 오십 년도
하늘 하급 세계에 견주어 보면
꿈이나 환영과도 같은 거로다
한 번 생을 얻고서 불멸하는 목숨이 어디 있는가.

라며 지금 나리가 낭랑한 목소리로 노래 부르시는 것을 들으니 공연히 돌아가신 주군이 살아 계실 무렵의 일들이 그리워지며, 정해진 것 없는 세상의 변천에 눈물이 흘러 자리를 가득 메운 용사들도 갑옷 소매를 적시었던 것입니다.

그다음 분카사이 님, 이치로사이 님이 한 소절씩 부르시고 다시 젊은 다유 님의 춤이 있었는데, 그 외에도 가무에 상당히 수양이 깊은 분들이 계셔서 술잔이 도는 횟수가 거듭될수록 모두 이 세상을 춤이나 노래로 끝내고자 각자 조예가 깊은 예능을 선보이며 한없이 유흥을 즐겼으므로, 술자리는 밤이 깊어질수록 더 요란해지고 언제 끝날지도 짐작할 수 없는 상황이었습니다. 그중 한 사람이,

---

113   비극적 무장 다이라노 아쓰모리(平敦盛, 1169~1184)의 최후를 다룬 가사
       가 붙은 춤곡.

배꽃 한 가지 비를 머금은 듯한 어여쁜 모습

비를 머금은 듯한 어여쁜 모습[114]

하며 그 자리에 계신 분들이 자기도 모르게 숨을 죽일 만큼 아름다운 음색으로 노래를 하셨는데, 바로 조로켄(朝露軒)이라는 스님 무사였습니다. 이분은 가무라면 뭐든지 잘하시고 비파, 샤미센 같은 것도 훌륭하게 연주하셨으므로 저도 예전부터 친하게 지내기를 바랄 정도였습니다. 원래 곡절의 운용이 분명한 점을 일찍부터 잘 알고 있었습니다만, 지금 부르시는 「양귀비」라는 곡의 구절에 귀를 기울이고 있노라니,

비를 머금은 듯한 어여쁜 모습

태액지(太液池)에 핀 부용꽃의 붉은색

미앙궁(未央宮) 옆 버들의 초록색도

이보다 아름답다 어찌 말할까

실로 여섯 궁방의 분칠한 여인

빛이 바래 버린 것 당연하구나

빛이 바래 버린 것 당연하구나

라며 노래를 부르시는 겁니다. 처음부터 조로켄 님이 그럴 작정은 아니셨겠지만 노래를 듣는 저로서는 마님의 용모를 노래하고 계신 것으로만 들렸으므로,

114   뒤에 '비를 머금은 듯한……'으로 이어지는 부분까지 요쿄쿠(謠曲) 「양귀비」의 한 소절로, 백거이(白居易)의 「장한가(長恨歌)」에서 양귀비의 미모를 칭송한 비유를 따온 내용.

'아아, 이렇게 아름다운 꽃 같은 마님의 모습도 오늘 밤을 끝으로 져 버리시는 것인가?'
하며 이때가 되어서도 아직 미련이 남는 것이었습니다. 그러자 조로켄 님이,

"아, 저기 있는 자토(座頭)[115]도 샤미센을 연주하지요. 마님의 허락을 받아 저자에게 한 곡 부르게 해 보십시오."
라고 아뢰었으므로,

"야이치, 사양할 것 없다."
라며 곧바로 나리의 목소리가 들렸습니다. 그렇다면 저로서도 이제 와서 사퇴하여 무엇 하겠습니까? 그야말로 제가 바라던 바라며 즉시 샤미센을 손에 들고,

임 때문에 눈물을
언제나 흘린다오

라고 평소 부르던 노래를 불렀습니다.

"허허, 평소 듣던 노래지만 잘도 부르는구나. 그럼 나도 한 번 연주해 봄세."
라고 하시며 이어서 조로켄 님이 그 샤미센을 가져가시더니,

시가(滋賀)의 포구라서
소금(애교)은 없지만[116]

---

115   비파나 거문고를 잘 켜고 안마나 뜸, 침 치료를 직업으로 하는 승려 신분의 맹인을 이르는 총칭인데, 여기서는 화자인 야이치를 가리킴.
116   류다쓰 가락의 한 가사로, 소금(塩)의 일본어 발음 'しほ'에는 애교(愛嬌)라

얼굴의

보조개는

보름밤의 달 같네.

라고 부르시므로 저도 그것을 들으며 '참으로 재미있는 구
절이로다.' 하고 귀를 기울이고 있노라니 곳곳에서 긴 간주
소리가 들려왔습니다. 조로켄 님은 그 부분을 샤미센 줄 소
리로 아름답게 연주하셨습니다만, 문득 정신을 차리고 보니
그 샤미센 곡에 두 번이나 반복적으로 이상한 수법이 섞여
있는 것이었습니다. 그렇습니다. 그것은 저와 같은 장님 샤
미센 연주자들이라면 모두 잘 아는 바였는데, 모든 샤미센
에는 하나의 현에 열여섯 군데의 누르는 부분이 있어서, 세
현으로 치자면 모두 마흔여덟 군데가 됩니다. 그러므로 초
심자들이 연습을 할 때는 그 마흔여덟 군데에 '이로하'의 마
흔여덟 글자[117]를 대서 표시를 달고 외우도록 적어 두기 때
문에 샤미센에 입문하신 분은 누구나 아는 것입니다만, 특
히 장님 승려들은 글자가 보이지 않는 대신 이 표시를 그냥

　　는 뜻도 있어 호수의 물이라 소금기가 없다는 뜻과 애교가 없다는 말을 겹
　　쳐 쓴 것.

117　'이로하'로 시작하여 일본어 가나(仮名) 마흔일곱 글자에 '京'를 하나 더하여
　　한 글자도 중복하지 않고 뜻이 통하게 배열한 노래. 'いろはにほへど/ ちり
　　ぬるを/ わがよたれぞ/ つねならむ/ うゐのおくやま/ けふこえて/ あさき
　　ゆめみじ/ ゑひもせず。' 즉 '꽃의 색 향기 나도/ 져 버리는 걸/ 이 세상 어느
　　누가/ 그대로일까/ 험난한 깊은 산을/ 오늘 넘어서/ 얕은 꿈을 꾸지 않고/
　　취하지 않고.'라는 의미로 불교의 『열반경』게(偈)와 관련된 내용이며, 일본
　　에서는 예로부터 이 순서를 번호처럼 사용함.

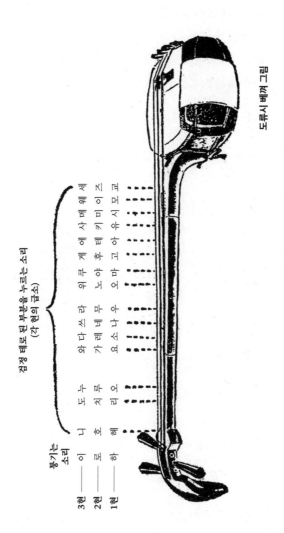

검정 배로 된 부분을 누르는 소리
(각 현의 금소)

통기는
소리

3현 —— 이 도 누 와 다 쓰 라 위 루 게 에 사 메 웨 세
2현 —— 로 치 루 가 레 네 무 아 후 테 기 미 이 즈
1현 —— 하 리 오 요 소 나 나 우 노 아 고 오 마 유 시 모 교

도큐시베거림

외우고 있다가 '이'라고 하면 '이'의 소리를, '로'라고 하면 '로'의 소리를 곧바로 떠올리므로, 장님들끼리 앞이 보이는 사람들 앞에서 비밀 이야기를 할 때 샤미센을 연주하면서 그 소리로 서로의 생각을 나누곤 합니다. 그런데 지금 그 이상한 간주 소리를 듣고 있자니,

포상이 있을 것이다,
마님을 구해 낼 방도는 없겠는가?

라는 식의 말로 들렸습니다.

'이게 지금 내 마음이 미혹되어 들리는 소리인가? 무엇하러 지금에 와서 이런 이야기를 하는 자가 있다는 말인가? 만약 헛소리를 들은 게 아니라면, 우연히 음색의 조합이 자연스레 그렇게 된 것인가?'
라며 몇 번이고 생각을 고쳐먹는 사이에 다시 조로켄 님이,

어찌하려나
남몰래 다니는 길목
파수꾼이야
관문 열지 않겠지
좀처럼 않겠지

라며 노래하는 것이었습니다만, 여기에도 샤미센 연주가 앞부분과는 완전히 다르면서 역시 그 말들 사이사이에 끼어서 들려왔습니다.

'아아, 그렇다면 조로켄 님은 적군의 첩자인가? 그렇지 않으면 최근에 갑자기 내통하신 것인가? 어느 쪽이든 히데요시 공의 명령을 받고 마님을 넘기고자 하시는 것이로구나. 생각지도 못한 때에 생각지도 못한 구명줄이 나타났지만, 히데요시 공이 아직 포기하지 않으셨다니 이 얼마나 강한 집착의 연모라는 말인가!'

싶어 갑자기 가슴이 쿵쾅거리는데,

"자, 야이치, 이제 다시 한 곡을 자네에게 부탁하네."

하고 말씀하시며 다시 샤미센을 제 앞에 놓았습니다. 그래도 저 같은 장님 안마사를 그렇게까지 믿으시다니 어찌 된 까닭일까요? 마님을 위해서라면 불속, 물속도 마다하지 않을 제 속마음을 부끄럽게도 조로켄 님에게 어느새 간파당한 것일까요? 무엇보다 저는 앞이 보이지 않아도 여자 관리들 사이에 섞여 있을 수 있는 유일한 남자였습니다. 게다가 여러 수많은 방이라는 방, 복도의 구석구석까지 앞이 보이는 사람보다 더 잘 꿰뚫고 있으니 다니기도 수월하여, 여차 싶을 때에는 생쥐보다 자유롭게 달릴 수 있습니다. 생각해 보니 조로켄 님이 잘도 계산에 넣으신 것은, 살아도 사는 보람 없이 목숨을 부지하고 있었던 저만이 이러한 역할을 맡을 수 있다는 점이었습니다. 이제 마님을 구해 낼 방편을 최선을 다해 찾고 그것이 잘되지 않았을 때에는 함께 연기로 사라져 버리면 끝이리라, 재빨리 생각을 정리하여 앞뒤 가릴 것도 없이 샤미센을 받아 들고,

보이고파

임에게
알려 주고파
내 깊은 마음속과
눈물 젖은 소매를

이렇게 노래하면서 덜덜 떨리는 손가락 끝으로 현을 누르며,

연기가 나면 그것을 신호로
천수각 아래로 와 주십시오

라고 이쪽도 간주에 맞추어 '이로하' 음을 이용하여 몰래 대
답했습니다. 물론 그 자리에 있는 분들은 그저 저의 노래와
연주에 흠뻑 빠져 듣고 계실 뿐이고, 두 사람 사이에 이런
말이 오갔는지 알 수도 없었겠습니다만, 그때 저는 마님을
구출해 낼 수 있을 법한 하나의 계략을 떠올린 것이었습니
다. 그 계략이란 바로 그날 밤 나리 부부께서 천수각 5층으
로 올라가시어 마음 가라앉히고 자결을 하시며, 준비된 마
른풀들에 불을 붙일 그때를 노리는 것이었습니다. 그러면
자결을 하시기 전에 틈을 봐서 불을 놓아 버리고 그 소란을
이용해 조로켄 님 일당과 접촉하면 몇 사람만의 인원으로
두 분 사이를 떼어 놓을 수도 있겠다고 생각한 것입니다.

　　하지만 그렇기는 해도 저는 장님인 데다가 천성적으로
지극히 겁쟁이라서 혹여 남을 속이는 일 따윈 잘못할 뿐 아
니라, 적의 첩자에게 가담하여 성에 불을 지르고, 더구나 마
님을 빼돌리려는 계획까지 세우다니 제가 생각해 낸 일이지

만 너무 두려운 생각이 들었습니다. 그러나 이것도 오로지
마님 목숨을 구하고자 하는 일념 때문이니 결국 충의의 마
음이라고 여기며 결심을 굳혔습니다. 그러는 사이에 모든
분들의 아쉬움이야 다할 길이 없었지만, 초여름 밤은 빨리
새는 법이라 벌써 멀리 절에서 종소리가 들려오고 마당 쪽
에 두견새 우는 소리가 들렸으므로, 마님은 종이를 가까이
가지고 오셔서

아니더라도/ 잠들 시간도 없는/ 짧은 여름밤/
이별을 재촉하는/ 두견새 소리로다.

라고 세상 하직을 뜻하는 와카 한 수를 지으셨고 이어서 나리
도,

짧은 여름밤/ 꿈길같이 헛되이/ 남은 이름을
구름 위로 올려라/ 산속의 두견새야.

라고 화답하셨으며 분카사이 님은 그것을 일동 앞에서 피로
한 다음,
　　"저도 한 수 올리겠습니다."
하며,

인연이 있어/ 선선한 저승길을/ 동반하옵고
다음 세상에서도/ 모시겠사옵니다.

라고 읊으신 것이, 때가 때인지라 풍류의 극치라 여겨졌습니다. 그다음 모두들 대기소로 물러나시어 할복 차비를 하고, 여자 관리들과 저는 두 분을 곁에서 모신 채 드디어 천수각으로 올라갔던 것입니다. 우선 저희는 4층까지만 같이 모시고 가게 되어 있었으므로, 5층에는 아가씨들과 분카사이 님만을 데리고 가셨습니다만, 저는 지금이 중요한 때라 직감하고 5층으로 가는 사다리 도중까지 살짝 올라가 숨을 죽이고 있었기에 위쪽 상황이라면 빠짐없이 살필 수 있었습니다. 나리가 먼저,

"분카사이, 그쪽을 완전히 열어 두게."

라고 말씀하시며 사방의 창을 남김없이 열게 하시고는,

"아아, 이 바람이 참으로 기분 좋구나."

라며 아침 바람이 불어오는, 판자를 깐 높은 좌석에 앉으시고,

"우리끼리 오붓하게 지금 한 번 더 이별의 술을 하지 않겠나?"

라며 분카사이 님에게 술 시중을 부탁하시고, 마님과 아가씨들에게 다시 술잔을 돌리셨습니다. 그런데 그것이 끝나자,

"오이치 님."

하고 마님을 부르시더니,

"오늘까지 여러모로 마음을 다해 준 것에 대해 대단히 기쁘게 생각하오. 이런 지경이 될 줄 알았다면 작년 가을에 그대와 결혼을 하지 않았어야 했는데, 지금에 와서 이런 말을 해 보았자 방법도 없는 일이구려. 나는 어디까지나 부부가 함께해야 한다고만 생각하고 있었는데, 가만히 여기니 그대는 오다 노부나가 님의 여동생이고 게다가 여기에 있는

따님들은 돌아가신 나가마사 수령님의 자제분들이기도 하니, 역시 살릴 수 있는 길을 찾는 것이 도리라 생각하오. 무사된 자가 죽으러 가는 길에 여자와 아이들을 동반하는 것은 말이 되지 않는 일이기도 하오. 여기에서 그대를 죽게 한다면 나 가쓰이에가 순간의 생각에 휩싸여 의리와 인정을 잊었다고 세간 사람들이 말할지도 모르오. 그러니 그대가 이 도리를 잘 이해해 주고 성을 떠나 주지 않겠소? 너무 갑작스러운 말 같지만 이는 내가 잘 분별하여 하는 말이라오."

라고 생각지도 못한 말씀을 하셨는데, 그렇게 말씀하시는 가슴속은 필경 애가 타고 찢길 만큼 괴로우셨겠지만 목소리엔 조금의 불분명한 점도 없었을 뿐 아니라 막힘도 없이 딱 잘라 말씀하시니 과연 강건한 대장군이셨습니다. 저도 그 말을 듣고서는,

'아아, 안타까운 일이다. 인정을 아는 것이 진정한 무사라는 것은 맞는 말이로구나. 이 정도로 훌륭하신 분인 줄도 모르고 속으로 원망을 했다니 나야말로 비천한 근성을 가졌던 것이로다.'

하며 고마움에 눈물이 앞을 가려 저도 모르게 목소리가 들리는 쪽을 향해 두 손을 마주하고 절을 했습니다만, 그때 마님이

"오늘 이런 시점이 되어서 그런 말씀은 너무하십니다."

라며 말씀도 맺지 못하고 엎드려 울어 버리셨고,

"오라버니가 살아 계실 때조차 일단 다른 집에 시집을 간 몸이므로 오다 가문이라고 생각한 적은 없습니다. 하물며 의지할 만한 형제도 없는 오늘날 당신에게까지 버림을 받는다면 어디로 가야 한단 말입니까? 죽어야 할 때에 죽지

않으면 죽는 것보다 더한 수치를 겪는 것임을 저도 절절히 느낀 바 있습니다. 그러므로 작년에 시집을 왔을 때부터 이 번만큼은 어떠한 일이 있더라도 두 번 다시 작별 인사는 하지 않겠다는 각오를 했습니다. 덧없는 속세의 인연이었습니다만 부부로서 같이 죽게 해 주십시오. 백 년을 함께해도 한평생이고 반년을 함께해도 한평생인데 성을 나가라니 원망스러운 말씀이십니다. 부디 그 말씀만은 거두어 주십시오.”
라고 말씀하셨는데, 얼굴에 옷소매를 대고 계시는 듯 말이 드문드문 끊기다 이어지며 새어 나오는 것이었습니다.

　　“하지만 당신은 이 세 딸들이 가엾게 여겨지지도 않소? 이 아이들이 죽으면 아사이의 혈통이 끊겨 버리고, 그러면 돌아가신 나가마사 비젠 수령에게 의리를 지키지도 못하는 게 아니오?”
라고 되물으시며 말씀하시니,

　　“아사이 님을 그렇게까지 생각해 주셨던 건가요?”
라고 말씀하시며 한층 더 심하게 우시고,

　　“저는 나리와 함께하도록 하겠습니다만 말씀하시는 뜻을 감사히 받아들여, 하다못해 이 아이들만은 살리시어 아버지의 보리를 기원하게 하고 또한 저의 죽음도 애도하게 해 주십시오.”
라고 말씀하셨습니다만 이번에는 오차차 님이,

　　“아녜요, 아녜요. 어머니, 저도 함께하게 해 주세요.”
라고 말씀하시니 오하쓰 님과 고고 님도 똑같이,

　　“저도, 저도요.”
라며 오른쪽, 왼쪽에서 어머니에게 매달려 네 분이 한꺼번에 복받친 듯이 우셨습니다. 생각해 보니 옛날 오다니 때는 모두 너무 어리셔서 아무것도 모르는 상태였지만, 지금은 막내 고고 님조차 벌써 열 살을 넘기셨으니, 이러면 달랠 수도 어를 수도 없는 일이었습니다. 그러니 어지간히 참을성 강한 마님도 사랑스러운 따님들의 눈물에 이끌려 그저 몸을 떨고 우실 뿐, 저는 실로 십 년 동안 이렇게 흐트러지신 모습을 전혀 뵌 적이 없었습니다. 그래도 자꾸만 시간이 흘러가니 이러다 어떻게 수습이 되려는가 생각하다가 분카사이 님이 무릎을 밀고 나오시면서,

"아가씨들께서 너무 철이 없으시군요."
라고 야단이라도 치듯 말씀하시며 마님과 아가씨들 사이를 갈라놓으시고는,

"자, 자, 이러시면 어머님의 각오를 무디게 하는 겁니다."
라며 억지로 떼어 놓으시려고 하시는 것이었습니다.

저는 이런 정황을 듣고 아직 나리가 아무 말도 하지 않으시지만 더 이상 유예해서는 안 될 때라고 생각하고, 사다리 아래에 쌓여 있던 마른풀 더미를 빼내서 거기에 불을 옮겨붙였습니다. 때마침 4층 방에서는 몸종들이 수의와 물품을 꺼내 놓고 일제히 염불을 외우고 있었으므로 아무도 알아차리지 못했습니다. 정말 다행이라 여기며 여기저기 마른풀 더미에 불을 붙이고 돌아다녔고 장지문, 맹장지를 가리지 않고 재를 마구 뿌리다가 연기에 목이 막힌 상태로 제가 먼저,

"불이야, 불이 났습니다."
라고 비명을 질렀습니다. 풀은 충분히 잘 말라 있었고 5층

창문도 다 열려 있었으므로 바람이 아래로부터 위로 빠져나가듯 불어 올랐고, 타닥타닥 불타서 갈라지는 소리가 엄청났습니다. 이때 어디로 도망가야 할지 모르고 헤매는 여자 관리들의 아우성과 비명이 활활 타오르는 화염의 숨결과 함께 들리기 시작했는데,

"아아, 나리가 계신 곳이 위험하다."

"조심하십시오. 배신자가 있습니다."

라며 연기 속에서 저마다 외치면서 많은 인원들이 뛰어 올라왔습니다. 그러고 나서는 조로켄 님 일당과 그것을 막으시려는 분들이 불꽃 안에서 어지럽게 섞여, 서로 다투며 좁은 사다리를 통해 5층으로 오르시려는 듯했고, 그 혼잡한 틈에 이리 밀쳐지고 저리 밀쳐지는 사이에 훅 하고 불꽃 끝자락의 뜨거운 바람이 불어왔다가 다시 훅 하고 불어닥치면서 점차 숨을 쉴 수 없게 되었으므로, 어차피 죽을 거라면 마님과 같은 불속에서 타 죽어 열화 지옥의 고통을 끝까지 함께하고자 필사적으로 생각하며 사다리에 손을 짚었을 때였습니다.

"야이치, 이분을 아래로 데리고 가게."

라고 누군가가 말씀하셨는데, 그때 갑자기 제 어깨 위에 지체 높은 여자분을 얹으셨습니다.

"아가씨, 아가씨, 어머니는 어떻게 되셨습니까?"

하고 저는 재빨리 여쭸는데, 왜냐하면 그때 제 등에 업힌 분이 오차차 님이라는 사실을 금방 알아차렸기 때문입니다.

"아가씨, 아가씨."

하고 계속 불러도 오차차 님은 소용돌이치는 연기에 정신을 잃으시고 아무리 불러도 대답이 없었습니다만, 그나저나 방

금 그분은 왜 스스로 아가씨를 구하지 않고 장님인 제게 맡기신 것일까요? 어쩌면 그분은 오로지 충의의 길만 걸으시는 나리의 뒤를 연모하여 이곳이야말로 자기가 죽을 곳이라고 마음을 정하셨던 걸까요? 그렇다면 저로서도 마님이 어떻게 되셨는지를 지켜보지 못하고 도망칠 수는 없다고 생각했습니다만, 만약 따님을 구하지 못한다면 필경 마님께서 원망하시리라는 생각도 들었습니다.

　'야이치, 너는 내 소중한 딸을 어디에 버리고 온 것이냐?'

라며 저세상에서 책망을 하신다면 변명의 도리가 없겠지요. 이렇게 제가 아가씨를 등에 업게 된 것도 피할 수 없는 인연이기 때문은 아닐까 하는 생각이 들었고, 게다가 저는 사실 그런 것보다도 제 등에 털썩 업혀 계시는 오차차 님의 엉덩이에 양손을 두른 채 단단히 안아 올리던 그 찰나에, 그 몸의 우아한 느낌이 젊은 무렵의 마님과 너무도 꼭 닮았으므로, 몹시도 이상하고 그리운 심정이 들었던 것입니다. 우물쭈물하다가는 불에 타 죽을 화급한 지경이었는데, 어떻게 그런 느낌이 일어났던 것인지, 정말 사람은 말도 안 되는 순간 말도 안 되는 생각을 하게 되는 법일까요? 말씀드리기에도 부끄럽고 송구스럽지만,

　'아아, 그렇지. 내가 오다니 성으로 봉공하러 들어가 처음으로 치료를 해 드리던 무렵에는 팔이든 다리든 이처럼 완벽하게 탄력이 있으셨는데, 아무리 아름다운 마님이라도 역시 시나브로 나이를 드신 게였구나?'

　문득 그런 생각이 드니 즐거웠던 오다니 시절의 추억

이 실타래를 감듯 연달아 떠오르는 것이었습니다. 아니, 그 뿐만 아니라 오차차 님의 부드러운 무게를 등으로 느끼고 있노라니 왠지 제가 십 년 전의 젊음을 되찾은 듯 여겨져, 오차차 아가씨를 모실 수 있다면 마님 곁에 있는 것이나 마찬가지가 아닐까 하고, 한심하게도 갑자기 이 세상에 대한 미련이 끓어오른 것입니다. 이렇게 말씀드리다 보니 너무 오랫동안 우물쭈물하고 있었던 것 같습니다만, 사실 정말 짧은 찰나에 이만큼이나 머리를 굴린 것이어서 그렇게 결심이 서자마자 이미 저는 연기 속을 빠져나와,

"아가씨를 업고 있습니다. 길을 피해 주십시오."

라고 크게 소리를 치면서, 저야 장님이니까 아무런 사양할 것도 인사할 것도 없이, 인파를 밀어젖히고 밟고 지나며 정신없이 사다리를 뛰어 내려간 것입니다.

하지만 도망친 것은 저만이 아니었습니다. 많은 사람들이 불꽃 가루를 맞으며 줄줄이 늘어선 채 달려 나왔으므로 저도 그 행렬에 섞여 뒷사람들에게 마구 떠밀리면서 뛰어나갔습니다만, 해자의 다리를 넘자마자 우르르, 우르르, 콰르르 하며 어마어마한 소리가 울렸는데, 바로 천수각 다섯 층이 무너져 내리는 소리였습니다.

"저게 지금 천수각이 떨어져 내린 소리입니까?"

라고 누구에게 묻는다고 할 것도 없이 질문을 던지니,

"맞소, 하늘에 불기둥이 솟았구려. 틀림없이 화약에 불이 붙은 거요."

라고 옆에 달려가던 사람이 그렇게 말했습니다.

"마님이나 다른 아가씨들은 어떻게 되셨습니까?"

라고 물으니,

"아가씨들은 모두 무사한데 마님은 유감스럽게 되었소."

라고 답하는 게 아니겠습니까?

자세한 사정은 나중에 알게 되었습니다만, 그 사람과 나란히 달리면서 조금씩 들은 이야기로는 조로켄 님이 제일 먼저 5층으로 올라가셨는데 분카사이 님이 즉시 그의 계략을 간파하시고는,

"배신자, 무슨 짓을 하러 왔느냐?"

라고 물을 새도 없이 베어 버리시고는 사다리 꼭대기에서 발로 차 떨어뜨렸다고 합니다. 그러니 그 일파 몇 명도 기세가 꺾인 데다가 점차 아군의 가신들이 달려왔으므로, 도저히 마님을 빼낼 계제가 아니었고 도리어 칼에 베여 쓰러지고 불에 타 죽은 자가 많았다는 것입니다. 그때 세 아가씨들은 여전히 어머니에게 매달려 계셨는데 분카사이 님이 빨리빨리 재촉하시어,

"이분들을 구해 내서 적진에까지 모시는 자가 최고의 충의를 하는 것이다."

라며 무리 지은 사람들 속으로 내던지다시피 하는 지경이 되었으므로 미리 말을 맞춘 사람들이 한 분씩 안고 도망쳤다고 하며,

"그러니까 나리와 마님은 저 불속에서 자해를 하신 것이라네. 나는 거기까지는 보지 못했지만."

이라는 이야기였습니다.

"그렇다면 다른 아가씨들은 어디에 계십니까?"

하고 물으니,

"우리 동료가 등에 업고 한발 빠르게 여기를 지나갔을 게야. 자네가 업고 있는 아가씨가 가장 고집이 세서 마지막까지 어머니 옷소매를 붙들고 떨어지려 하지 않는 것을 억지로 안아 올려서 누군가의 등에 업혔다고 하는데, 그는 아가씨를 자네에게 넘기고 자기는 다시 불속으로 뛰어 들어가 버렸지. 아주 대단하고 감탄스러운 자였는데, 그 사내는 우리 동료가 아니었던 모양이네."

라는 것입니다. 대체 '우리 동료'는 누구를 말하는 것인가 생각했더니, 서쪽 군세가 마님을 받아 내기 위해 천수각 가까이까지 숨어 들어와 조로켄 님의 신호를 기다렸다고 하며, 지금 이런 곳을 이렇게 줄줄이 도망쳐 나가는 것은 모두 배신자 일당이거나 그게 아니라면 서쪽 군세의 사람들뿐이었던 것입니다.

"하지만 히데요시 수령님은 모처럼 전투에 이기셨어도 목표로 하던 마님이 돌아가셨으니 아무 소용도 없지. 조로켄 님도 저렇게 실패했으니 어전 수비가 좋았던 게야. 어차피 살아 계실 수는 없었을 테지."

라고 어떤 나리가 그렇게 말하고,

"그래도 자네가 이 아가씨를 데리고 있는 이상 어느 정도는 면목이 서는 일이니, 나는 자네와 함께 갈 작정이네."

라고 말씀을 하시며 제 손을 잡아끌듯이 하셨으므로 이미 아까부터 아주 지치기는 했지만 헐떡거리며 열심히 달렸더니, 마침 적절할 때에 적장이 가마를 끌고 마중을 나오셨습니다. 어쨌든 그리로 아가씨를 옮기고,

"스님, 자네가 모시고 온 건가?"

라고 물으시므로,

"그렇사옵니다."

하고 답하고 어찌 된 경위인지 자초지종을 솔직하게 이야기해 드렸더니,

"좋아, 좋아. 그렇다면 가마를 따라 오시게."

라고 말씀하셨으므로 수많은 진지 사이를 지나 본진으로 아가씨를 수행했습니다.

오차차 님은 빨리 용태가 괜찮아지신 듯했습니다만 한동안은 휴식을 취하며 치료를 받으셨고, 즉시 히데요시 공이 대면하겠노라 의사를 밝히시어 다른 아가씨들과 함께 계신 곳으로 불러들이셨습니다. 그런데 그 자리에 저까지 부름을 받아서 응접실 밖의 판자가 깔린 곳에 황공하게 조아리고 있노라니,

"오오, 스님, 내 목소리를 기억하는가?"

라고 히데요시 공이 갑자기 말씀을 걸어 주셨습니다.

"황송하옵니다만 잘 기억하고 있습니다."

라고 답변을 올리자,

"그런가? 정말 오랜만이로군."

하고 말씀하시며,

"자네 장님의 몸으로 오늘 해낸 일은 정말 신통했네. 당장 포상으로 무엇이든 해 주고 싶은데 소원이 있다면 말해 보게."

라며 뜻밖에도 이야기가 너무 잘 풀렸으므로 저로서는 오히려 꿈인가 싶은 심정이 들어서,

"생각해 주셔서 몸 둘 바를 모르겠습니다만, 오랫동안

은혜를 베풀어 주신 마님께 작별 인사도 못 하고 뻔뻔하게 도망쳐 나온 벌을 받아 마땅한 몸이 어찌 포상을 받을 수 있겠습니까? 그보다 오늘 아침 최후를 맞으신 것을 생각하면 가슴이 터질 것 같습니다. 다만 제 소원이라면 지금까지처럼 불쌍히 여겨 주시어 아가씨를 모실 수 있도록 해 주신다면 고맙고 행복하겠사옵니다."

라고 아뢰니,

"당연한 소원이야. 들어주지."

라며 즉시 허락을 하셨고,

"오다니 님에게는 참으로 미안한 처사를 저질러 버렸지만 여기 계시는 따님들은 앞으로 내가 어머니를 대신하여 돌봐 주겠네. 하지만 셋 다 많이 크셨구나. 옛날에 내 무릎 위에 안겨 장난을 치시던 분은 분명 오차차 님이었던 것 같은데."

라며 그렇게 말씀하시고 기분 좋은 듯 웃으셨던 것입니다.

이렇게 되어 저는 다행히 길거리를 헤매는 신세가 되지 않고 계속해서 봉공을 할 수 있게 되었습니다만, 사실을 말하자면 저의 인생은 이미 덴쇼 11년(1583년) 음력 4월 24일 마님이 돌아가신 날에 끝나 버린 것이며, 오다니나 기요스에서 지냈던 때처럼 즐거운 시절은 그 후로 결국 다시는 맛볼 수 없었습니다. 이렇게 말씀드리는 것은, 제가 천수각에 불을 놓고 배신자의 앞잡이 노릇을 했던 것을 결국 아가씨들도 전해 들은 모양인지 점차 저를 미워하시는 듯 왠지 모르게 서먹하게 대하시고 특히 오차차 님의 경우에는,

"이 장님 때문에 아깝지도 않은 내 목숨을 구하고 부모

님 원수의 손에까지 들어오게 되었잖아."

라며 때로는 저에게 들으라는 듯이 부러 말씀하시므로 곁에 모시고 있어도 바늘방석에 앉은 느낌이 들어서, 이런 지경이 될 것이었다면 왜 그때 죽지 않았을까, 그저 한심하고 의지할 구석이라곤 하나도 없는 제 신세를 탓하게 되었던 것입니다. 원래부터 이것도 제가 나쁜 짓을 저지른 벌이라 누구를 원망할 핑계도 없습니다만, 일단 그때 죽지 못하였으니 이제 와서 마님의 자취를 연모한다고 한들 마님을 뵐 면목도 없습니다. 그렇게 모두의 손가락질을 받으며 수치를 겪는 동안 안마 치료나 거문고 연주 상대도 다른 사람에게 부탁을 하시고 저에게는 아무런 볼일도 만들지 않으셨습니다. 아가씨들은 그때 아즈치 성으로 모셔졌고 히데요시 공의 말씀이 있었던 만큼 싫어하면서도 저를 데려가 가까이 두시기는 했지만, 그런 사실을 알면서 억지로 자비에 매달리기도 마음 괴롭고 더더욱 참기 어려웠으므로, 어느 날 몰래 작별 인사도 드리지 않고 저는 도망치듯 성을 빠져나와 어디로 간다는 정처도 없이 방황을 한 것입니다.

　　예, 그것이 제가 서른두 살 때의 일입니다. 원래 그때 도성으로 올라가 히데요시 다이코 전하를 배알할 것을 청원하고 어찌 된 경위인지 말씀 올렸다면 아마 평생 먹고도 부족하지 않을 정도로 목숨을 부지할 거리는 주셨겠지만, 이대로 죗값을 받고 세상에서 묻혀 버리자고 마음을 먹고 그 후로 오늘날까지 여러 역참들을 거쳐 다니면서, 나리들의 다리와 허리를 안마하거나 또는 서툰 기예로 여행의 무료함을 달래 드리며, 삼십여 년의 변천을 남의 일처럼 보아 넘기고 살아오면서 얄궂게도 아직 죽지도 못하고 이렇게 지내 왔습니다. 그러고 보니 오차차 님은 그때는 그렇게 히데요시 다이코 전하를 원망하시고 '부모님 원수'라고까지 말씀하셨지만, 얼마 지나지 않아 그 원수에게 몸을 맡기시고 요도(淀)의 성에 사시게 되었는데, 저는 사실 북쪽 장원의 성이 함락된 날부터 언젠가 그렇게 되리라고 어렴풋이 예상했습니다. 그때 히데요시 공이 오이치 마님을 성에서 빼내지 못하여 몹시도 분하게 여기셨다고 합니다만, 제가 어전에 나갔을 때에는 생각과 달리 조금도 그러한 기색을 보이지 않았을 뿐만 아니라 도리어 고맙다는 말씀까지 해 주신 것은 오차차 님을 보시고 생각이 확 바뀌셨던 게지요. 즉 제가 불꽃 속에서 오차차 님을 업었을 때 느꼈던 것과 같은 생각을 하신 것이니, 영웅호걸의 마음속도 결국 범부와 다를 바 없었던 것입니다. 다만 저는 한 가지 실수로 평생 곁에서 모실 수 없는 처지가 되었지만, 다이코 전하는 오차차 님의 아버지를 죽이고 어머니도 죽이고 형제까지 효수하신 분이면서도 어느샌가 오차차 님을 자기 사람으로 만드셨으니, 부모에서 자식에 이르는 두 대(代)에 걸친 사랑, 그리고 옛날 오다니 시절부터 가슴속에 감추고 계셨던 연심을 마침내 이루신 셈이지요. 도대체 히데요시 공은 전생에 어떠한 인연을 지니셨기에 노부나가 공 혈통의 여러 여인들을 연모하신 걸까요? 두 분 말고도 가모 우지사토(蒲生氏郷) 히다(飛驒) 수령님의 마님에게도 마음을 품으셨다고 합니다. 이분은 노부나가 공의 따님으로 오다니 마님에게는 조카딸이 되시니 역시 용모도 서로 닮으셨을 테고, 아마도 그러한 까닭이었을까요? 사람들에게

190

전해 듣기로 작년 히다 수령님이 돌아가셨을 때 히데요시 전하로부터 히다 마님께 사신이 와서 전하의 마음을 전했다고 하지만, 히다 마님께서는 전혀 듣지 않으시고 도리어 한탄을 하시며 머리를 자르고 출가해 버리셨으므로, 가모 님 가문이 이후 우쓰노미야(宇都宮)로 영지를 바꾸게 된 것은 그런 일들이 영향을 주어 히데요시 전하의 미움을 받은 탓이라고 합니다. 그것이야 어찌 되었든 오차차 님이 성장하심에 따라 사리를 분별할 줄 아시게 되면서 히데요시 전하의 위세에 결국 넘어가시게 된 건 시대의 추세를 따른 것이라고는 하지만, 스스로를 위해서도 현명한 일이었습니다. 그러니 저도 요도 마님이라는 분이 아사이 님의 첫째 딸 오차차 님이라고 들었을 때 얼마나 기뻤는지 모릅니다. 어머니가 그렇게 고생을 겪으셨던 대가로 영화로운 봄날이 이 따님에게 찾아온 것이니 부디 오차차 님만은 어머니와 같은 일을 당하지 않으시도록, 비록 저야 살아도 별 보람도 없는 세상살이를 해 왔습니다만, 마음은 내내 곁에서 모시는 심정으로 그것만을 기원하였습니다. 그러던 사이에 아드님을 낳으셨다는 소문이 들렸으므로 이제 이로써 향후 오래도록 운이 만세에 이어지시리라 안도하며 가슴을 쓸어내렸습니다.

그렇지만 나리도 아시는 바와 같이 게이초 3년(1598년) 가을 히데요시 다이코 전하가 돌아가시고, 얼마 지나지 않아 세키가하라 전투가 있고 나서 다시 세상이 점점 바뀌다가 하루가 다르게 비운(悲運)을 맞게 되셨으니 이것은 또 무슨 운명의 장난이었던 걸까요? 역시 부모의 원수에게 시집을 가시면서 돌아가신 어머니의 생각을 어기고 불효를 한

벌을 받으신 것일까요? 어머니와 딸이 대를 이어 똑같이 성을 마지막 베개 삼아 돌아가시게 된 것도 생각해 보니 이상한 운명입니다.

아아, 저도 그 오사카 진영(陣營)에 계실 때까지 봉공을 했었더라면 큰 도움이야 되지 못했겠지만, 오다니 성에서 어머니를 위로해 드렸던 것처럼 이리저리 기분을 풀어 드리고, 이번에야말로 황천길을 수행하여 마님께 사죄를 드릴 수 있었을 텐데, 그때만큼은 제 신상의 불행이 절절히도 원망스러워 매일매일 대포 쏘는 소리를 들으면서 안절부절 못하고 지냈습니다. 그때도 가타기리 가쓰모토(片桐且元)[118]님이 그 성을 공격하며 동쪽 군세의 편을 드시고 히데요리 공과 요도 마님의 처소를 향해 대포를 쏘아 댔으니 이게 또 무슨 일이라는 말입니까? 그분은 옛날 시즈가타케 전투에서 '일곱 자루의 창잡이들' 중 한 사람으로 일컬어지면서 그 시절부터 등용되셨고, 히데요시 공에게는 여간 아닌 은혜를 받으셨던 분입니다. 세간 소문으로는 히데요시 다이코 전하가 임종하실 때에 그분을 머리맡으로 부르시어 아들 히데요리를 잘 부탁한다고 간절히 유언을 남기셨다고 하지 않습니까? 저와 같은 인간도 그 정도로 누군가에게 신용을 받으면 의를 다해야 한다는 것 정도는 아는데, 그분은, 큰 목소리로는 말할 수 없습니다만, 도쿠가와 이에야스(德川家康) 님의 위세에 아첨하고 도요토미 가문의 큰 은혜는 잊어버렸으니

118 　가타기리 가쓰모토(片桐且元, 1556~1615): 오미 사람으로, 히데요시를 모신 창의 명수 중 한 사람. 나중에 도쿠가와 편에 가담.

겉으로는 충의를 가장하면서 동쪽 군세와 내통하셨던 것입니다. 아니, 아니, 그것은 누가 뭐라고 말씀하셔도 틀림없는 일입니다. 이유는 당사자 입장에서 붙이기 나름이니 가쓰모토 님이 고심하신 것을 편드시는 분도 계실 수 있습니다만, 적의 대포를 담당한 사람이 그럴 수 있는 일인가요? 주군의 어린 자제와 마님이 계시는 곳에 대포를 쏘아 댄 자가 어찌 충신일 수 있겠습니까? 속세를 버린 장님 안마사도 그 정도는 압니다. 그런 까닭에 그때는 가쓰모토 님이 증오스럽고 증오스러워서 앞만 보인다면 진중으로 숨어들어 이 한칼을 받으라고 원한의 말을 내뱉고 싶을 정도였습니다.

증오스럽다고 하면 세키가하라 전투 때 오쓰(大津)에서 배신을 한 교고쿠 재상님의 처사도 화가 나서 견딜 수가 없습니다. 그분은 오하쓰 마님과 결혼을 하셨으면서, 서쪽 군세가 공격해 들어오기 전에 북쪽 장원으로부터 도망치시어 와카사의 다케다 가문에 의지하셨는데, 그 다케다 님까지 패배하여 돌아가신 다음에는 삼계(三界)[119]에 살 집도 없이 나무뿌리, 풀뿌리도 조심하며 여기저기 헤매고 다니시다가 어찌어찌하다 보니 면죄를 받으시어 다이묘 무리에 들어가게 되셨습니다. 그런데 그것이 누구 덕분이었겠습니까? 원래 다케다 님의 마님이 마쓰노마루(松の丸) 님으로 불리셨으니까 그분의 입김도 있었겠지요. 그러나 무엇보다 요도 마님과 인연이 있었기 때문 아니겠습니까? 한번은 오다니 마님의 소매에 매달리고, 그다음에는 그 따님의 인정에

---

119 불교의 개념으로 속계, 색계, 무색계, 즉 온 세계를 말함.

의지하여 두 번이나 위태로운 목숨을 구하셨으면서, 그 어마어마한 눈 속을 달려오신 당시의 심정을 잊으시고 중요한 기로에서 모반을 저질러 오사카 군세의 발길을 흩트리다니. 아, 하지만 이제 와서 그런 말씀을 드린다 한들 방법이 없지요. 일일이 헤아리자면 억울한 일이나 원망스러운 일은 얼마든지 있습니다만, 교고쿠 재상님과 가쓰모토 님도 이제 저세상으로 가시고 이에야스 님마저 타계하신 오늘날에는 모든 일이 지나간 시절의 꿈과 같습니다. 생각하면 생각할수록 훌륭하신 분들은 모두 돌아가시고 사라지셨는데, 저는 앞으로 언제까지 더 늙어 가며 추해질까요? 겐키 시절(1570~1573년)이나 덴쇼 시절(1573~1592년)보다 훨씬 길게 세상살이를 해 왔으니, 이제 내세를 소원하는 것밖에 다른 일은 없습니다만, 그저 이 이야기를 어느 분께 처음부터 끝까지 한번은 들려 드리고 싶었습니다.

예, 예, 뭐라고요? 마님 목소리가 지금도 귓가에 남아 있는지 물으시는 건가요? 그야 말할 나위도 없는 일입니다. 어떤 때엔 한 구절 한 구절, 또는 거문고를 연주하시면서 응수하시던 창가의 목소리. 화창한 느낌 안에도 요염한 부드러움을 지니시고, 꾀꼬리의 소리 높고 탄력 있는 음색과 비둘기가 구구대며 우는 입속의 소리를 하나로 합한 듯 묘한 음성이셨습니다만, 오차차 님도 그와 똑같은 음성을 지니시어 옆에서 모시는 사람이 항상 혼동할 정도였습니다. 그러니 저는 히데요시 다이코 전하가 얼마나 요도 마님을 총애하셨는지 잘 알 수 있습니다. 히데요시 다이코 전하가 훌륭하신 분인 것은 누구나 압니다만, 그러한 가슴속 깊은 연정을 일찍부터 알아차렸던 자는 외람되게도 저뿐이었습니다.

'아, 내가 그 정도로 높으신 분의 심중을 알았구나?'

생각하며 황공하게도 우대신 히데요리 공의 어머니이신 요도 마님을 제 등에 업었던 일을 떠올리니, 이제 대체 무슨 미련으로 이 세상에 더 남아 있겠습니까? 아닙니다, 나리, 이제 충분합니다. 저도 모르게 너무 큰 돈을 받아서 시시한 늙은이의 헛소리를 오랫동안 들려드렸습니다. 집에 마누라도 있습니다만 여자와 아이들에게는 이렇게까지 자세히 이야기한 적도 없습니다. 부디, 부디, 이런 가여운 장님 중이 있었다는 것을 기록해 주시고, 후세의 이야깃거리로 삼아 주신다면 고맙겠습니다. 자, 이제 마무리해 주십시오. 밤이 너무 깊어지기 전에 허리를 조금 안마해 드리겠습니다.

• 앞의 『장님 이야기』이 한 권은 후대 사람이 지어낸 이야기 같지만 원래 유래가 있다. 삼위 중장 다다요시(忠吉) 경의 대(代)에 기요스 아사히무라(朝日村)의 가키야 기자에 몬(柿屋喜左衛門)의 『조부 이야기(祖父物語)』,[120] 일명 『아사 히 이야기(朝日物語)』에 이르기를 '히데요시 공과 시바타 슈 리 님의 힘겨루기는 이 무렵 위세 다툼이라고도 했다. 또한 노부나가 공의 여동생 오이치 마님 때문이라고도 했다. 요 도 님의 어머니가 되시고, 오미 지역을 다스린 아사이의 아 내분이다. 천하제일의 미인이라는 명성이 자자했으므로 히 데요시가 연모의 마음을 전했는데, 시바타가 기후로 가서 산시치 님과 마음을 맞추어 오이치 마님을 자신의 아내로 삼았다. 히데요시 공이 이 일을 들으시고 시바타를 에치젠

---

120 1600년부터 십이 년 동안 가키야 기자에몬이 할아버지에게 들은 이야기를 기록한 책.

으로 돌려보내지 않겠다고 하며 고슈의 나가하마로 출진했다.' 또 이르기를 '시바타가 북쪽 장원에서 농성을 하니 히데요시 공이 승려를 사신으로 보내 옛날 동료이니 목숨은 구해 주겠다고 했다. 이것은 빈틈을 노려 오이치 마님을 빼돌리려는 계략일 것이라고 사람들 사이에 소문이 구구했다.'

• 『사쿠마 군기(佐久間軍記)』[121](『사쿠마 조칸(常闕) 이야기』)의 「가쓰이에 결혼」이라는 내용에서 말하기를 '아사이 나가마사의 후실을 가쓰이에에게 시집보냈다. 가쓰이에가 그 딸 세 명을 모두 데리고 에치젠으로 돌아갈 때 히데요시가 가쓰이에에게 사신을 보내어 말하기를, 그대 영토로 돌아가는 길에서 히데카쓰(노부나가의 넷째 아들이자 히데요시의 양자)로 하여금 축하 음식을 대접하게 하겠다고 했다. 가쓰이에가 기뻐하며 그러기로 하였다. 그런데 가쓰이에의 가신 등이 북쪽 장원을 출발하여 기요스까지 가는 길에 마중을 나와 가쓰이에가 한밤중에 기요스를 떠나며 히데카쓰에게 이르기를, 에치젠에 급한 볼일이 있으므로 미리 한밤중에 길을 떠나 여기를 지나가니 초대에 응할 수가 없었다고 했다.'

• 「시즈카타케 전투에 관한 고스카 구헤(小須賀九兵衛) 이야기」[122]에는 아즈치에서 기요스 회담을 열 당시 '인사가 서로 맞지 않아 시바타와 히데요시가 서로 분노를 품었는데, 그때 니와 나가히데(丹羽長秀)가 히데요시와 한곳에 누

---

121 오다 노부나가의 가독 상속부터 주요 사건을, 사쿠마 가문의 공훈담을 중심으로 서술한 17세기 초기의 책.

122 『무공 잡기(武功雜記)』에 수록된 이야기로, 시즈가타케 전투에 관한 이야기를 조목별로 서술한 것.

워 있다가 발로 살짝 히데요시에게 주의를 준 것을 히데요시가 이해하여 그날 밤 오사카로 돌아갔다.' 『사쿠마 군기』에는 '히데요시는 그날 밤 자주 소변을 보러 갔다.'라고 되어 있지만 이러한 내용이 『호안 다이코키(甫庵太閤記)』[123] 등에는 보이지 않아서 의문스럽다.

• 가모 우지사토(蒲生氏郷) 후실의 묘는 지금 교토의 햐쿠만벤(百万遍) 지온지(智恩寺) 경내에 있으며, 그녀는 간에이(寛永) 18년(1643년) 5월 9일 교토에서 병사하였다. 향년 여든하나. 법명은 소오인(相応院) 월계량심영예청훈(月桂凉心英譽清熏) 다이젠조니(大禪定尼), 히데요시가 이 후실의 용모가 아름다운 것을 알고 우지사토가 죽은 후 맞아들여 첩으로 삼고자 했지만 후실이 이를 듣지 않았고, 그래서 가모 가문은 아이즈(會津) 백만 석에서 우쓰노미야(宇都宮) 팔십만 석으로 바뀌었다. 상세한 것은 『우지사토키(氏郷記)』[124]의 「오미(近江) 히노초(日野町) 지(誌)」를 참고로 하면 된다.

• 샤미센은 에이로쿠(永祿) 기간(1558~1570년)에 류큐(琉球)[125]에서 도래했다고 보는 것이 통설이지만, 이것을 가요에 맞추어 연주하는 것은 간에이(寛永) 무렵(1624~1645년)부터 시작되었다고 다카노 다쓰유키[126] 박사의 『일본 가

123　1633년 오제 호안(小瀬甫庵)이 도요토미 히데요시의 생애와 사적을 기록하여 낸 평전 『다이코키(太閤記)』를 말함.

124　저자와 성립 연대는 미상으로, 가모 씨의 선조들부터 그 자손들의 번영을 기록한 책.

125　지금의 오키나와(沖縄)를 부르던 옛 명칭.

126　다카노 다쓰유키(高野辰之, 1876~1947): 도쿄 음악 학교와 다이쇼(大正) 대학의 교수를 역임한 일본 가요와 음악 연구의 선구자. 널리 문헌 자료를

요사(日本歌謠史)』에 기재되어 있다. 원래 덴분(天文) 시절 (1532~1555년)에 이미 유녀들 손에서 연주되었다는 점이 『무로마치 전하 일기(室町殿日記)』[127]에 보인다. 호사가들이 일찍부터 유행가에 이용했다는 내용도 마찬가지로 앞의 『일본 가요사』에 상세히 나와 있으니, 이 이야기의 장님 스님 같은 사람도 그러한 호사가 중의 한 명이었을까? 나의 샤미센 스승 기쿠하라 겐교(菊原檢校)[128]는 오사카 사람으로, 지금은 거의 폐문된 옛날 샤미센 곡을 알고 계셨는데 그중에는 『간긴슈(閑吟集)』[129]에 수록된 '고와타(木幡)의 산길에서/ 날이 저물어/ 달 보며 후시미(伏見)에/ 풀베개 베네?' 라는 노래나 나가사키(長崎)의 산타마리아 노래,[130] 그 밖의 진귀한 가사들도 적잖다. 나도 예전에 이 곡을 들은 적이 있는데 가사는 짧은 것 같지만 같은 구절을 몇 번이고 반복하여 노래하고, 또한 샤미센 반주가 가사보다도 몇 배나 길어곡에 따라서는 거의 비파곡을 듣는 듯한 느낌이 든다.

• 샤미센에서 현을 누르는 곳에 '이로하' 표시를 이용하는 것이 언제부터 시작되었는지 모른다. 지금도 조루리

수집하고 고증한 『일본가요사』로 학사원상을 수상.

127 1600년을 전후하여 성립하였고, 무로마치 막부의 장군 아시카가 요시하루(足利義晴) 시절의 정치와 군사 등의 일화를 기재한 책.

128 기쿠하라 긴지(菊原琴治, 1878~1944): 지우타의 명수로, 다니자키는 1927년부터 그에게 지우타의 샤미센 반주를 배웠고, 그 경험이 다니자키의 작품에 큰 영향을 끼쳤다고 알려짐.

129 무로마치 시대인 1518년에 성립한 고우타 중심의 가요를 모은 책.

130 성모 마리아를 항해의 수호신으로 삼은 신앙을 바탕으로, 서양의 흑선이 찾아온 시기에 나가사키에서 불리던 노래.

샤미센 연주자는 이를 사용한다고, 그 방면에 밝은 내 친구 구리 도류시(九里道柳子)[131]가 말해 주었다. 본문의 삽화는 도류시가 그려서 나에게 보내 준 것이다.

때는 쇼와(昭和) 신미년(1931년) 여름날.

고야산(高野山) 센주인다니(千手院谷)[132]에서 적다.

---

131   구리 시로(九里四郎, 1886~1953): 도쿄 출신의 서양화가로 다니자키가 간 사이에 머물던 시절의 친구. 조루리를 애호하여 오사카 쪽으로 이주하였고, 본격적으로 조루리 가락을 배우기도 함.

132   해당 지역에 천수관음당이 있어서 유래한 지명. 다니자키는 이곳에 1931년 5월 18일부터 같은 해 9월 26일까지 체재하며, 8월 2일에 「장님 이야기」를 탈고.

다니자키 문학의 분수령

    일본 탐미주의를 대표하는 근대 작가로 꼽히는 다니자키 준이치로의 「요시노 구즈」와 「장님 이야기」는 1931년 연초와 가을에 각각 《중앙공론》에 발표된 작품이다. 다니자키 중기 문학의 중핵을 이루는 '고전 회귀'와 '여인 동경'이라는 작품 경향이 특유의 미려한 문체로 구현된 대표작이라 할 수 있다.

    1923년 '제국'의 수도 도쿄를 강타한 간토 대지진 이후 다니자키는 간사이로 거주지를 옮겼는데, 이것이 그의 작품 세계에 큰 변화를 초래했다는 사실은 잘 알려진 바다. 그 변화의 가장 큰 요소 중 하나는, 진기함이나 이국정서를 추구하던 것에서 일종의 노스탤지어로의 변질이라고도 할 수 있을 터다. 바꿔 말하자면 간사이 지역에 뿌리 깊게 드리운 일본 고전 세계와 전통문화의 미(美)에 대한 재발견이자 어머니(적인 인물)를 향한 사모의 정, 즉 이에 대한 향수를 일컫는 것이리라.

실제 이 무렵 다니자키는 세간을 떠들썩하게 한 '아내 양도 사건'에 종지부를 찍고 요시노 산에 틀어박혀 지내면서 「요시노 구즈」를 탈고하였고, 고전 작품의 현대어 번역 작업을 병행했기에 일본 고전 세계를 천착해 가는 경향이 확고해져 갔다.

「요시노 구즈」는 일본 전통문화, 고전적 인물과 풍토가 장악하고 있는 야마토 지역의 요시노 산골 마을을 배경으로 한다. 작가의 분신으로 보이는 '나'는 그곳에 얽힌 패배한 황통의 전설을 둘러싼 절호의 이야깃거리에 마음이 동하여, 옛 친구 쓰무라의 동행 권유에 선뜻 따라나서며 글을 써 내려가는데, 이른바 메타 소설적 구성을 보여 준다. 요시노 강 유역의 풍토와 전승, 기록과 풍습, 그 모든 것이 '나'를 매료시키는데, 그 저변에 '나'와 친구 쓰무라에게 공통적으로 여인 동경, 혹은 어머니 사모라는 굵직한 정서적 분류(奔流)가 가로놓여 있다는 점이 차차 드러난다. 이 두 사람은 젊고 아름다운 시절의 어머니에 대한 기억, 혹은 환영만을 지니고 있다. 그래서 이 젊은이들의 어머니를 향한 연모는 영원할 수 있고, 요시노의 온갖 경물과 습속에 어머니(적인 존재)가 흘러들어 있음을 느끼며, 그들의 현재 어쩌면 미래까지도 상냥하게 지배하도록 둔다.

「장님 이야기」는 우리에겐 임진왜란을 전후한 시기로 잘 알려진 일본의 전국 시대 끝자락부터 에도 막부가 성립하기 직전까지의 시기를 배경으로 한다. 일본인들이 모든 면에서 끊임없이 화제로 삼고 캐릭터화하고자 하는 걸출한 인물들, 즉 오다 노부나가, 도요토미 히데요시, 도쿠가와 이에야스로 이어지는 군웅할거의 시대라고도 할 수 있다. 다니자키가 이 작품 뒤에 '간기'를 부기한 것에서도 분명하게 드러나듯, 당시 문헌을 통해 사실(史實)을 충실히 답습하여 물샐틈없이 전후 맥락을 이야기 속에 담아냈다. 그런데 「장님 이야기」에서 이 세 영웅은 주변적 인물에 불과하며, 당시 거대한 역사의 흐름과 전투는 장님 안마사 야이치의 시선(?), 아니 정확하게는 입담 안에서 오로지 '마님'을 중심으로만 그려질 따름이다. 그는 "제가 살고 죽는 것은 마님께 달린 문제"라고 아예 작정하고 사는, 이 소설에서 유일의 허구 인물이자 화자다. 눈먼 그의 이야기 속에서 절세 미인 '마님'과 그녀의 딸들은 수많은 남자들에게 사랑을 받지만 남편, 오라버니, 아들 등 모든 남자 육친들의 잔인한 죽음을 겪으며 동란의 시기를 전전긍긍 살아간다. 마님을 비롯한 역사 기록 속 난세 영웅들이 오롯이 장님의 이야기에만 의존하여 움직이는데, 그의 입담이 얼마나 흡인력이 강한지 그 수완을 인정하지 않을 수 없다.

일본에는 이처럼 맹인 법사가 악기 하나, 혹은 안마 기술로 사람을 상대하며 기나긴 이야기를 제공하는 문학적 전통이 면면히 있었으므로 다니자키는 일본 고전 속의 그러한 화자를 능수능란하게 차용하여 '야이치'라는 허구의 인물을 조형해 낸 것이다.

두 작품 모두 와카와 같은 정형시는 물론이고 중세 가요, 근세 가락, 샤미센, 쟁곡, 춤곡 같은 일본 전통 음악의 요소와 노, 교겐(狂言), 가부키(歌舞伎), 조루리 등 일본 고유의 무대 예술을 거침없이 작품 전체에서 호명한다. 이야기

자체의 흐름만 짚어 가며 읽어도 마음속에 기묘한 정서를 불러일으키는 흥미로운 작품이라 할 수 있지만, 무심한 듯 계속 등장하는 일본 고전 문예들을 머릿속 독서 행위에서 청각적 배경으로 떠올려 보는 것 또한 나쁘지 않은 경험이 될 터다.

최소화하고자 하였지만 이번 작품 번역에 등장하는 수 많은 각주는 그러한 독자의 경험에 도움이 되었으면 하는 선의에서 작업한 것이다. 하지만 결과적으로 가독성을 해치지는 않았나 못내 마음에 걸린다.

일본 특유의 전통과 고전의 향기가 물씬 풍기는 다니자키의 「요시노 구즈」와 「장님 이야기」를 우리말로 옮길 수 있는 기회가 주어져 감사드린다. 읽어 주시는 분들의 질정을 바라는 바다.

1886년(1세) 도쿄 시에서 아버지 구라고로(倉吾郎), 어머니 세키 (関)의 차남으로 출생한다.

1892년(7세) 사카모토 소학교(阪本小學校)에 입학하지만 학교에 가기를 싫어해서 2학기에 변칙 입학한다.

1897년(12세) 2월 사카모토 심상 고등소학교 심상과(尋常科) 4학년을 졸업하고, 4월 사카모토 소학교 고등과로 진급한다.

1901년(16세) 3월 사카모토 소학교를 졸업하고, 4월 부립 제일 중학교(府立第一中學校)에 입학(현재는 히비야 고등학교)한다.

1905년(20세) 3월 부립 제일 중학교를 졸업하고, 9월 제일 고등학교 영법과 문과(英法科文科)에 입학한다.

1908년(23세) 7월 제일 고등학교 졸업하고, 9월 도쿄 제국 대학 국문학과에 입학한다.

1910년(25세) 4월 《미타 문학(三田文学)》을 창간하고, 반자연주의 문학의 기운이 고조되는 가운데 오사나이 가오루

(小山内薫) 등과 2차 《신사조(新思潮)》를 창간한다. 대표작 「문신(刺青)」, 「기린(麒麟)」을 발표한다.

1911년(26세) 「소년(少年)」, 「호칸(幇間)」을 발표하지만 《신사조》는 폐간되고 수업료 체납으로 퇴학당한다. 작품이 나가이 가후(永井荷風)에게 격찬받으며 문단에서 지위를 확립한다.

1915년(30세) 5월 이시카와 지요(石川千代)와 결혼하고, 「오쓰야 살해(お艶殺し)」, 희곡 「호조지 이야기(法成寺物語)」, 「오사이와 미노스케(お才と巳之介)」 등을 발표한다.

1916년(31세) 3월 장녀 아유코(鮎子) 출생, 「신동(神童)」을 발표한다.

1917년(32세) 5월 어머니가 병사하고, 아내와 딸을 본가에 맡긴다. 「인어의 탄식(人魚の嘆き)」, 「마술사(魔術師)」, 「기혼자와 이혼자(既婚者と離婚者)」, 「시인의 이별(詩人のわかれ)」, 「이단자의 슬픔(異端者の悲しみ)」 등을 발표한다.

1918년(33세) 조선, 만주, 중국을 여행하고 「작은 왕국(小さな王国)」을 발표한다.

1919년(34세) 2월 아버지 병사하고 오다와라(小田原)로 이사하여 「어머니를 그리는 글(母を戀ふる記)」, 「소주 기행(蘇州紀行)」, 「친화이의 밤(秦淮の夜)」을 발표한다.

1920년(35세) 다이쇼가쓰에이(大正活映) 주식회사 각본 고문부에 취임하여, 「길 위에서(途上)」를 《개조(改造)》에 발표하고, 「교인(鮫人)」을 《중앙공론(中央公論)》에

격월로 연재하기 시작했다. 대화체 소설 「검열관 (檢閱官)」을 《다이쇼 일일 신문(大正日日新聞)》에 연재하였다.

1921년(36세)　3월 오다와라 사건(아내 지요를 사토 하루오에게 양보하겠다는 말을 바꾸어 사토와 절교한 사건)을 일으킨다. 「십오야 이야기(十五夜物語)」를 제국 극장, 유라쿠자(有楽座)에서 상연한다. 「불행한 어머니의 이야기(不幸な母の話)」, 「나(私)」, 「A와 B의 이야기(AとBの話)」, 「노산 일기(盧山日記)」, 「태어난 집(生れた家)」, 「어떤 조서의 일절(或る調書の一節)」 등을 발표한다.

1922년(37세)　희곡 「오쿠니와 고헤이(お國と五平)」를 《신소설 (新小説)》에 발표, 다음 달 제국 극장에서 연출한다.

1923년(38세)　9월 간토 대지진(關東大震災)이 발발하여, 10월 가족 모두 교토로 이사하고, 12월 효고 현으로 이사한다. 희곡 「사랑 없는 사람들(愛なき人々)」를 《개조》에 발표한다. 「아베 마리아(アヱ・マリア)」, 「고깃덩어리(肉塊)」, 「항구의 사람들(港の人々)」을 발표한다.

1924년(39세)　카페 종업원 나오미를 자신의 아내로 삼고자 집착하다가 차츰 파멸해 가는 인물의 이야기를 그린 탐미주의의 대표작 『치인의 사랑(癡人の愛)』을 《오사카 아사히 신문(大阪朝日新聞)》, 《여성(女性)》에 발표한다.

1926년(41세)　1~2월 상하이를 여행하고, 「상하이 견문록(上海見

聞錄)」, 「상하이 교유기(上海交游記)」를 발표한다.

1927년(42세) 금융 공황. 수필 「요설록(饒舌録)」을 연재하여, 아쿠타가와 류노스케(芥川龍之介)와 '소설의 줄거리(小說の筋)' 논쟁을 일으킨 직후, 아쿠타가와 류노스케가 자살한다. 「일본의 클리픈 사건(日本におけるクリップン事件)」을 발표한다.

1928년(43세) 소노코에 의한 성명 미상 '선생'에 대한 고백록 형식의 『만(卍)』을 발표한다.

1929년(44세) 세계 대공황. 아내 지요를 작가 와다 로쿠로에게 양보한다는 이야기가 나돌고, 그 사건을 바탕으로 애정 식은 부부의 이야기를 다룬 『여뀌 먹는 벌레(蓼食ふ蟲)』를 연재하지만, 사토 하루오의 반대로 중단된다.

1930년(45세) 지요 부인과 이혼하고, 「난국 이야기(亂菊物語)」를 발표한다.

1931년(46세) 1월 요시가와 도미코(吉川丁未子)와 약혼하고, 3월 지요의 호적을 정리한다. 4월 도미코와 결혼하고 고야산에 들어가 「요시노 구즈(吉野葛)」, 「장님 이야기(盲目物語)」, 『무주공 비화(武州公秘話)』를 발표한다.

1932년(47세) 12월 도미코 부인과 별거하며, 「청춘 이야기(靑春物語)」, 「갈대 베기(蘆刈)」를 발표한다.

1933년(48세) 장님 샤미센 연주자 슌킨을 하인 사스케가 헌신적으로 섬기는 이야기 속에 마조히즘을 초월한 본질적 탐미주의를 그린 『슌킨 이야기(春琴抄)』를 발표한다.

1934년(49세) 3월 네즈 마쓰코(根津松子)와 동거를 시작하고, 10월 도미코 부인과 정식으로 이혼한다. 「여름 국화(夏菊)」를 연재하지만, 모델이 된 네즈 가의 항의로 중단된다. 평론 『문장 독본(文章読本)』을 발표하여 베스트셀러가 된다.

1935년(50세) 1월 마쓰코 부인과 결혼하고, 『겐지 이야기(源氏物語)』 현대어 번역 작업에 착수한다.

1938년(53세) 한신 대수해(阪神大水害)가 발생한다. 이때의 모습이 훗날 『세설(細雪)』에 반영된다. 『겐지 이야기』를 탈고한다.

1939년(54세) 『준이치로가 옮긴 겐지 이야기』가 간행되지만, 황실 관련 부분은 삭제된다.

1941년(56세) 태평양 전쟁 발발.

1943년(58세) 부인 마쓰코와 그 네 자매의 생활을 그린 대작 『세설』을 《중앙공론》에 연재하기 시작하지만, 군부에 의해 연재 중지된다. 이후 숨어서 계속 집필한다.

1944년(59세) 『세설』 상권을 사가판(私家版)으로 발행하고, 가족 모두 아타미 별장으로 피란한다.

1945년(60세) 오카야마 현으로 피란.

1947년(62세) 『세설』 상권과 중권을 발표, 마이니치 출판 문화상(毎日出版文化賞)을 수상한다.

1948년(63세) 『세설』 하권 완성.

1949년(64세) 고령의 다이나곤(大納言) 후지와라노 구니쓰네가 아름다운 아내를 젊은 사다이진(左大臣) 후지와라

노 도키히라에게 빼앗기는 역사적 사실을 제재로 한 『시게모토 소장의 어머니(少將滋幹の母)』를 발표한다.

1955년(70세) 『유년 시절(幼少時代)』을 발표한다.

1956년(71세) 초로의 부부가 자신들의 성생활을 일기에 기록하며 심리전을 펼치는 『열쇠(鍵)』를 발표한다.

1959년(74세) 주인공 다다스가 어머니에 대한 근친상간적 소망을 다룬 『꿈의 부교(夢の浮橋)』를 발표한다.

1961년(76세) 77세의 노인이 며느리를 탐닉하는 이야기를 다룬 『미친 노인의 일기(瘋癲老人日記)』를 발표한다.

1962년(77세) 『부엌 태평기(台所太平記)』 발표.

1963년(78세) 「세쓰고안 야화(雪後庵夜話)」 발표.

1964년(79세) 「속 세쓰고안 야화」 발표.

1965년(80세) 교토에서 각종 수필을 발표. 7월 30일 신부전과 심부전이 동시에 발병하여 사망한다.

옮긴이
엄인경

1974년 서울 출생. 고려대학교 일어일문학과를 졸업하고 같은 대학의 대학원에서 공부하여 2006년 문학 박사 학위를 취득하였고, 현재 고려대학교 글로벌일본연구원의 부교수로 재직 중이다. 일본 고전 문학을 전공하였고, 현재 20세기 전반기 동아시아에서 전개된 일본어 문학의 흐름을 좇고 있다. 특히나 한반도에서 광범위하게 창작된 일본어 시가 문학을 발굴하여 자료집으로 펴내거나 관련 연구 논문을 발표하고 있으며, 일본 고전이나 시가 문학을 우리말로 번역하는 작업도 꾸준히 병행하고 있다. 저서로는 『일본 중세 은자 문학과 사상』(2013), 『문학잡지 《國民詩歌》와 한반도의 일본어 시가 문학』(2015)이 있으며, 『이즈미 교카의 검은 고양이』(2010), 『쓰레즈레구사』(2010), 『몽중문답』(2013), 『단카(短歌)로 보는 경성 풍경』(2016), 『한 줌의 모래』(2017), 『슬픈 장난감』(2018) 등을 우리말로 옮겼다.

요시노 구즈   1판 1쇄 찍음 2018년 7월 23일
                 1판 1쇄 펴냄 2018년 8월 3일

                 지은이 다니자키 준이치로
                 옮긴이 엄인경
                 발행인 박근섭, 박상준
                 펴낸곳 (주)민음사

                 출판등록 1966. 5. 19. 제16-490호
                 서울시 강남구 도산대로 1길 62(신사동)
                 강남출판문화센터 5층 06027
                 대표전화 515-2000 팩시밀리 515-2007
                 www.minumsa.com

                 ISBN 978 89 374 2939 2 04800
                 ISBN 978 89 374 2900 2 (세트)